U0689144

红

萧红 著

我的血液里
没有屈服

浙江文艺出版社
Zhejiang Literature & Art Publishing House

图书在版编目（CIP）数据

萧红：我的血液里没有屈服 / 萧红著 . —杭州：
浙江文艺出版社，2024.4
ISBN 978-7-5339-7491-6

Ⅰ.①萧… Ⅱ.①萧… Ⅲ.①散文集—中国—
现代 Ⅳ.①I266

中国国家版本馆CIP数据核字（2024）第020456号

统　　筹　王晓乐　　　　封面设计　广　岛
责任编辑　詹雯婷　　　　封面插画　Stano
责任校对　朱　立　　　　营销编辑　张恩惠
责任印制　张丽敏　　　　数字编辑　姜梦冉　诸婧琦

萧红：我的血液里没有屈服

萧红　著

出版发行　浙江文艺出版社
地　　址　杭州市体育场路347号
邮　　编　310006
电　　话　0571-85176953（总编办）
　　　　　0571-85152727（市场部）
制　　版　杭州天一图文制作有限公司
印　　刷　杭州丰源印刷有限公司
开　　本　880毫米×1230毫米　1/32
字　　数　126千字
印　　张　7.5
插　　页　1
版　　次　2024年4月第1版
印　　次　2024年4月第1次印刷
书　　号　ISBN 978-7-5339-7491-6
定　　价　39.80元

版权所有　侵权必究

出版说明

　　自五四新文化运动以来，中国文学面目一新。在中西方文化的碰撞与融合中，小说、诗歌、戏剧等文学形式完成蜕变与新生，而散文以其自由自在的天性，踵事增华，其成果蔚为大观。

　　郁达夫认为，较之古代的"文"，现代中国散文有三点特异之处，即"'个人'的发见""内容范围的扩大""人性，社会性，与大自然的调和"（《中国新文学大系·散文二集·导言》）。散文家们兼收并蓄，将万事万物融于一心，"以我手写我口"，取径不同，或叙事、抒情、议论，或写人、描景、状物；风格各异，或蕴藉、洗练、飞扬，或磅礴、绮丽、缜密。就应用而言，以学识、阅历、心境为核心的小品文，以小见大，言近旨远，张扬个人性情；以观察、讽刺、同情为底色的杂文，见微知著，刚柔相济，召唤战斗精神……种种流派，非止一端。

　　为了给当代读者提供一套选目得当、编校精良的散文选本，我们推出"名家散文"系列，从灿若星辰的中国现代散文家中遴选出一批作者，精选其散文创作中的经典作品，结集成册，以飨读者，或可视作对百年现代中国散文的一次阶段性回顾与总结。我们相信，尽管这些作品产生的背景千差万别，但其呈现的智识与感性、追求与希冀，是跨越时空而能与读者共鸣的。我们也相信，经典之所以为经典，因其经得起时间的汰洗，这里的文章，初读，是迎面撞上万千世界，吉光片羽，亦足珍惜；再读，则是与无数智者的重逢，向内发现自己，向外发现众生。

文学的历史同时也是一部语言文字的历史，而汉语的标准化也随着时间的推移不断地演变、更新。五四白话文运动以来，文学语言流动而多变，呈现出丰富和复杂的样貌。文字、词汇、语法的繁芜丛杂背后，是思想文化的多元与活跃，也是作家不同审美取向和个人风格的展现。因此，我们在编辑过程中尽量尊重文章原刊或初版时的面貌，使读者能够感受到语言的时代特色，比如"的""地""底"共存的现象。同时，考虑到读者尤其是学生的阅读需求，我们按当下的规范做了有限度的修订。

编辑出版工作中难免存在不足之处，热忱欢迎广大读者批评指正。

浙江文艺出版社

目　录

夏夜

给流亡同地的东北同胞书

回忆鲁迅先生

初冬

所以我哭着，整个祖父死的时候我哭着。

蹲在洋车上

看到了乡巴老坐洋车忽然想起一个童年的故事。

当我还是小孩的时候，祖母常常进街。我们并不住在城外，只是离市镇较偏的地方罢了！有一天，祖母她又要进街，命令我：

"叫你妈妈把斗风给我拿来！"

那时因为我过于娇惯，把舌头故意缩短一些，叫斗篷作斗风，所以祖母学着我，把风字拖得很长。

她知道我最爱惜皮球，每次进街的时候，她问我：

"你要些什么呢？"

"我要皮球。"

"你要多大的呢？"

"我要这样大的。"

我赶快把手臂拱向两面，好像张着的，鹰的翅膀。大家都笑了！祖父轻动着嘴唇好像要骂我一些什么话，因我的小小的姿式感动了他。

祖母的斗风消失在高烟囱的背后。

等她回来的时候，什么皮球也没带给我，可是我也不追问一声：

"我的皮球呢？"

因为每次她也不带给我；下次祖母再上街的时候，我仍说是要皮球，我是说惯了！我是熟练而惯于作那种姿式。

祖母上街尽是坐马车回来。今天却不是，她睡在仿佛是小槽子里，大概是槽子装置了两个大车轮。非常轻快，雁似的从大门口飞来，一直到房门。在前面挽着的那个人，把祖母停下，我站在玻璃窗里，小小的心灵上，有无限的奇秘冲击着。我以为祖母不会从那里头走出来，我想祖母为什么要被装进槽子里呢？我渐渐惊怕起来，我完全成个呆气的孩子，把头盖顶住玻璃，想尽方法理解我所不能理解的那个从来没有见过的槽子。

很快我领会了！看见祖母从口袋里拿钱给那个人，并且祖母非常兴奋，她说叫着，斗风几乎从她的肩上脱溜下去！

"呵！今天我坐的是东洋驴子回来的，那是过于安稳呀！还是头一次呢，我坐过安稳的车子！"

祖父在街上也看见过人们所呼叫的东洋驴子，妈妈也没有奇怪。只是我，仍旧头皮顶撞在玻璃镜那儿。我眼看那个驴子从门口飘飘的不见了！我的心魂被引了去。

等我离开窗子，祖母的斗风已是脱在炕的中央，她嘴里叨叨的讲着她街上所见的新闻，可是我没有留心听，就是给我吃什么糖果之类，我也不会留心吃，只是那样的车子太吸引我了！太捉住我小小的心灵了！

夜晚在灯光里，我们的邻居，刘三奶奶摇闪着走来，我知道又是找祖母来谈天的。所以我稳当当地占了一个位置在桌边。于是我咬起嘴唇来，仿佛大人样能了解一切话语。祖母又讲关于街上所见的新闻，我用心听，我十分费力！

"……那是可笑，真好笑呢！一切人站下瞧，可是那个乡下老还不知道笑自己。拉车的回头才知道乡巴老是蹲在车子前面，放脚的地方，拉车的问：

'你为什么蹲在这地方？'

他说怕拉车的过于吃力，蹲着不是比坐着强吗？比坐在那里不是轻吗？所以没敢坐下……"

邻居的三奶奶，笑得几个残齿完全摆在外面。我也笑了！祖母还说，她感到这个乡巴老难以形容，她的态度，她用所有的一切字眼，都是引人发笑。

"后来那个乡巴老，你说怎么样！他从车上跳下来，拉车的问他为什么跳？他说：'若是蹲着吗，那还行。坐着，我实在没有那样的钱。'拉车的说：'坐着，我不多要钱。'那个乡巴老到底不信这话，从车上搬下他的零碎东西，走了。他走了！"

我听得懂，我觉得费力，我问祖母：

"你说的，那是什么驴子？"

她不懂我的半句话，拍了我的头一下，当时我真是不能记住那样繁复的名词。

过了几天祖母又上街，又是坐驴子回来的，我的心里渐渐羡慕那驴子，也想要坐驴子。

过了两年，六岁了！我的聪明，也许是我的年岁吧！支持着使我愈见讨厌我那个皮球，那真是太小，而又太旧了！我不能喜欢黑脸皮球，我爱上邻家孩子手里那个大的，买皮球，好像我的志愿，一天比一天坚决起来。

向祖母说，她答："过几天买吧！你先玩这个吧！"

又向祖父请求，他答："这个还不是很好吗？不是没有出气吗？"

我得知他们的意思是说旧皮球还没有破，不能买新的。于是把皮球在脚下用力捣毁它，任是怎样捣毁，皮球仍是很圆，很鼓，后来到祖父面前让他替我踏破！祖父变了脸色，像是要打我，我跑开了！

从此我每天表示不满意的样子。

终于一天晴朗的夏日，戴起小草帽来，自己出街去买皮球了！朝向母亲曾领我到过的那家铺子走去，离家不远的时候，我的心志非常光明，能够分辨方向，我知道自己是向北走，过了一会，不然了！太阳我也找不着了！一些些的招牌，依我看来都是一个样，街上的行人好像每个要撞倒我似的，就连马车也好像是旋转着走。我不晓得自己走了多远，但我实在疲劳，不能再寻找那家商店；我急切的想回家，可是家也寻觅不到。我是从哪一条路来的？究竟家是在什么方向？

我忘记一切危险，在街心停住，我没有哭，把头向天，愿看见太阳。因为平常爸爸不是拿指南针看看太阳就知道或南或北吗？我既然看了！只见太阳在街路中央，别的什么都不能知道，我无心留意街道，跌倒了在阴沟板上面。

"小孩！小心点！"

身边的马车夫驱着车子过去，我想问他我的家在什么地方，他走过了！我昏沉极了！忙问一个路旁的人。

"你知道我的家吗？"

他好像知道我是被丢的孩子，或许那时候我的脸上有什么急慌的神色，那人跑向路的那边去。把车子拉过来，我知道他是洋车夫，他和我开玩笑一般。

"走吧！坐车回家吧！"

我坐上了车，他问我，总是玩笑一般地：

"小姑娘！家在哪里呀？"

我说："我们离南河沿不远，我也不知道哪面是南，反正我们南边有河。"

走了一会，我的心渐渐平稳，好像被动荡的一盆水，渐渐静止下来，可是不多一会，我忽然忧愁了！抱怨自己皮球仍是没有买成！从皮球联想到祖母骗我给买皮球的故事，很快又联想到祖母讲的关于乡巴老坐东洋驴子的故事。于是我想试一试，怎样可以像个乡巴老。该怎样蹲法呢？轻轻的从座位滑下来，当我还没有蹲稳当的时节。拉车的回头来：

"你要做什么呀！"

我说："我要蹲一蹲试试，你答应我蹲吗？"

他看我已经偎在车前放脚的那个地方，于是他向我深深的做了一个鬼脸，嘴里哼着：

"倒好哩！你这样孩子，很会淘气！"

车子跑得不很快，我忘记街上有没有人笑我。车跑到红色的大门楼，我知道到家了！我应该起来呀！应该下车呀！不，目的想给祖母一个意外的发笑，等车拉到院心，我仍蹲在那里，像耍猴人的猴样，一动不动。祖母笑着跑出来了！祖父也是笑！我怕他们不晓得我的意义，我用尖音喊：

"看我！乡巴老蹲东洋驴子！乡巴老蹲东洋驴子呀！"

只有妈妈大声骂着我，忽然我怕她要打我，我是偷着上街。

洋车忽然放停，从上面我倒滚下来，不记得被跌伤没有。祖父猛力打了拉车的，说他欺侮小孩，说他不让小孩坐车让蹲在那里。没有给他钱，从院子把他轰出去。

所以后来，无论祖父对我怎样疼爱，心里总是生着隔膜，我不同意他打洋车夫，我问：

"你为什么打他呢？那是我自己愿意蹲着。"

祖父把眼睛斜视一下："有钱的孩子是不受什么气的。"

我的祖父死去多年了！在这样的年代中我没发现一个有钱的人蹲在洋车上，他有钱他不怕车夫吃力，他自己没拉过车，自己所尝到的，只是被拉着的舒服滋味。假若偶尔有钱家的小孩子要蹲在车厢中玩一玩，那么孩子的祖父出来，拉洋车的便要被打。

可是我呢？现在变成个没有钱的孩子了！

一九三四年三月十六日

镀金的学说

　　我的伯伯，他是我童年唯一崇拜的人物。他说起话来有宏亮的声音，并且他什么时候讲话总关于正理，至少那个时候我觉得他的话是严肃的，有条理的，千真万对的。

　　那年我十五岁，是秋天，无数张叶子落了，回旋在墙根了！我经过北门旁在寒风里号叫着的老榆树，那榆树的叶子也向我打来。可是我抖擞着跑进屋去，我是参加一个邻居姐姐出嫁的筵席回来。一边脱换我的新衣裳，一边同母亲说，那好像同母亲吵嚷一般："妈，真的没有见过，婆家说新娘笨，也有人当面来羞辱新娘，说她站着的姿式不对，坐着的姿式不好看，林姐姐一声也不作。假若是我呀！哼！……"

母亲说了几句同情的话，就在这样的当儿，我听清伯父在呼唤我的名字。他的声音是那样低沉，平素我是爱伯父的，可是也怕他，于是我心在小胸膛里边惊跳着走出外房去。我的两手下垂，就连视线也不敢放过去。

"你在那里讲究些什么话？很有趣哩！讲给我听听。"伯伯说话的时候，他的眼睛流动着笑着，我知道他没有生气，并且我想他很愿意听我讲话。我就高声把那事又说了一遍，我且说且做出种种姿式来。等我说完的时候，我仍欢喜，说完了我把说话时跳打着的手足停下，静等着伯伯夸奖我呢！可是过了很多工夫，伯伯在桌子旁仍写他的文字。对于我好像没有反应，再等一会他对于我的讲话也绝对没有回响。至于我呢，我的小心房立刻感到压迫，我想我的错在什么地方？话讲的是很流利呀！讲话的速度也算是活泼呀！伯伯好像一块朽木塞住我的咽喉，我愿意快躲开他到别的房中去长叹一口气。

伯伯把笔放下了，声音也跟着来了："你不说假若是你吗？是你又怎么样？你比别人更糟糕，下回少说这一类话！小孩子学着夸大话，浅薄透了！假若是你，你比别人更糟糕，你想你总要比别人高一倍吗？再不要夸口，夸口是最可耻，最没出息。"

我走进母亲的房里时，坐在炕沿我弄着发辫，默不作声，脸部感到很烧很烧。以后我再不夸口了！

伯父又常常讲一些关于女人的服装的意见，他说穿衣服素色最好，不要涂粉，抹胭脂，要保持本来的面目。我常常是保持本来的面目，不涂粉不抹胭脂，也从没穿过花色的衣裳。

后来我渐渐对于古文有趣味，伯父给我讲古文，记得讲到《吊古战场文》那篇，伯父被感动得有些声咽，我到后来竟哭了！从那时起我深深感到战争的痛苦与残忍。大概那时我才十四岁。

又过一年，我从小学卒业就要上中学的时候，我的父亲把脸沉下了！他终天把脸沉下。等我问他的时候，他瞪一瞪眼睛，在地板上走转两圈，必须要过半分钟才能给一个答话："上什么中学？上中学在家上吧！"

父亲在我眼里变成一只没有一点热气的鱼类，或者别的不具着情感的动物。

半年的工夫，母亲同我吵嘴，父亲骂我："你懒死啦！不要脸的。"当时我过于气愤了，实在受不住这样一架机器压轧了。我问他："什么叫不要脸呢？谁不要脸！"听了这话立刻像火山一样暴裂起来。当时我没能看出他头上有火冒出没？父亲满头的发丝一定被我烧焦了吧！那时我是在他的手掌下倒了下来，等我爬起来时，我也没有哭。可是父亲从那时起他感到父亲的尊严是受了一大挫折，也从那时起每天想要恢复他的父权。他想做父亲的更该尊严些，或者加倍的尊严着才能压住子女吧？

可真加倍尊严起来了。每逢他从街上回来，都是黄昏时候，父亲一走到花墙的地方便从喉管作出响动，咳嗽几声啦，或是吐一口痰啦。后来渐渐我听他只是咳嗽而不吐痰，我想父亲一定会感着痰不够用了呢！我想做父亲的为什么必须尊严呢？或者因为做父亲的肚子太清洁?！把肚子里所有的痰都全部呕出来了？

一天天睡在炕上，慢慢我病着了！我什么心思也没有了！一班同学不升学的只有两三个，升学的同学给我来信告诉我，她们怎样打网球，学校怎样热闹，也说些我所不懂的功课。我愈读这样的信，病愈加重一点。

老祖父支住拐杖，仰着头，白色的胡子振动着说："叫樱花上学去吧！给她拿火车费，叫她收拾收拾起身吧！小心病坏了！"

父亲说："有病在家养病吧，上什么学，上学！"

后来连祖父也不敢向他问了，因为后来不管亲戚朋友，提到我上学的事他都是连话不答，出走在院中。

整整死闷在家中三个季节，现在是正月了。家中大会宾客，外祖母啜着汤食向我说："樱花，你怎么不吃什么呢?"

当时我好像要流出眼泪来，在桌旁的枕上，我又倒下了!

因为伯父外出半年是新回来，所以外祖母向伯父说: "他伯伯，向樱花爸爸说一声，孩子病坏了，叫她上学去吧!"

伯父最爱我，我五六岁时他常常来我家，他从北边的乡村带回来榛子。冬天他穿皮大氅，从袖口把手伸给我，那冰寒的手呀! 当他拉住我的手的时候，我害怕挣脱着跑了，可是我知道一定有榛子给我带来，我秃着头两手捏耳朵，在院子里我向每个货车夫问: "有榛子没有? 有榛子没有?"

伯父把我裹在大氅里，抱着我进去，他说: "等一等给你榛子。"

我渐渐长大起来，伯父仍是爱我的，讲故事给我听。买小书给我看。等我入高级，他开始给我讲古文了! 有时族中的哥哥弟弟们都唤来，也讲给他们听。可是书讲完他们临去的时候，伯父总是说: "别看你们是男孩子，樱花比你们全强，真聪明。"

他们自然不愿意听了，一个一个退走出去。不在伯父面前他们齐声说: "你好呵! 你有多么聪明! 比我们这一群混蛋强得多。"

男孩子说话总是有点野，不愿听，便离开他们了。谁想男孩子们会这样放肆呢？他们扯住我，要打我："你聪明，能当个什么用？我们有气力，要收拾你。""什么狗屁聪明，来，我们大家伙看看你的聪明到底在哪里！"

伯父当着什么人都夸奖我："好记力，心机灵快。"

现在一讲到我上学的事，伯父微笑了："不用上学，家里请个老先生念念书就够了！哈尔滨的女学生们太荒唐。"

外祖母说："孩子在家里教养好，到学堂也没有什么坏处。"

于是伯父斟了一杯酒，夹了一片香肠放到嘴里，那时我多么不愿看他吃香肠呵！那一刻我是怎样恼烦着他？我讨厌他喝酒用的杯子，我讨厌他上唇生着的小黑髭，也许伯父没有观察我一下，他又说："女学生们靠不住，交男朋友啦！恋爱啦！我看不惯这些。"

从那时起伯父同父亲是没有什么区别，变成严凉的石块。

当年，我升学了，那不是什么人帮助我，是我自己向家庭施行的骗术。后一年暑假，我从外埠回家，我和伯父的中间，总感到一种淡漠的情绪，伯父对我似乎是客气了，似乎是有什么从中间隔离着了！

一天伯父上街去买鱼，可是他回来的时候，筐子是空空的。母亲问：

"怎么！没有鱼吗？"

"哼！没有。"

母亲又问："鱼贵吗？"

"不贵。"

伯父走进堂屋，坐在那里好像幻想着一般，后门外树上满挂着绿的叶子，伯父望着那些无知的叶子幻想，最后他小声唱起，像是有什么悲哀蒙蔽着他了！看他的脸色完全可怜起来。他的眼睛是那样忧烦的望着桌面，母亲说：

"哥哥头痛吗？"

伯父似乎不愿回答，摇着头，他走进屋倒在床上，很长时间，他翻转着，扇子他不用来摇风，在他手里乱响。他的手在胸膛上拍着，气闷着。再过一会，他完全安静下去，扇子任意丢在地板，苍蝇落在脸上，也不去搔它。

晚饭桌上，伯父多喝了几杯酒，红着颜面向祖父说："菜市上看见王大姐了呢！"

王大姐，我们叫他王大姑。常听母亲说："王大姐没有妈，爹爹为了贫穷去为匪，只留这个可怜的孩子住在我们家里。"伯父很多情呢！伯父也会恋爱呢，伯父的屋子和我姑姑们的屋子挨着，那时我的三个姑姑全没出嫁。

一夜，王大姑没有回内房去睡，伯父伴着她哩！

祖父不知这件事，他说："怎么不叫她来家呢？"

"她不来，看样子是很忙。"

"呵！从出了门子总没见过，二十多年了，二十多年了！"

祖父捻着斑白的胡子，他感到自己是老了！

伯父也感叹着："嗳！一转眼，老了！不是姑娘时候的王大姐了！头发白了一半。"

伯父的感叹和祖父完全不同，伯父是痛惜着他破碎的青春的故事。又想一想，他婉转着说，说时他神秘的有点微笑：

"我经过菜市，一个老太太回头看我，我走过，她仍旧看我。停在她身后，我想一想，是谁呢？过会我说：'是王大姐吗？'她转过身来，我问她：'在本街住吧？'她垂下头，我看见她的门牙脱落了两个。她说：'在本街住。'我叫她回来看看，她说她很忙，要回去烧饭，随后她走了，什么话也没说，提着空筐子走了！"

夜间，全家人都睡了，我偶然到伯父屋里去找一本书，因为对他，我连一点信仰也失去了，所以无言走出。

伯父愿意和我谈话似的："没睡吗？"

"没有。"

隔着一道玻璃门，我见他无聊的样子翻着书和报，枕旁一只蜡烛，火光在起伏。伯父今天似乎是例外，同我讲了好些话，关于报纸上的，又关于什么年鉴上的。他看见我手里拿着一本花面的小书，他问："什么书?"

　　"小说。"

　　我不知道他的话是从什么地方说起："言情小说，《西厢》是妙绝，《红楼梦》也好。"

　　那夜伯父奇怪的向我笑，微微的笑，把视线斜着看住我。我忽然想起白天所讲的王大姑来了，于是给伯父倒一杯茶，我走出房来，让他伴着茶香来慢慢的回味着记忆中的姑娘吧!

　　我与伯伯的学说渐渐悬殊，因此感情也渐渐恶劣，我想什么给感情分开的呢?我需要恋爱，伯父也需要恋爱。伯父见着他年轻时候的情人痛苦，假若是我也是一样。

　　那么他与我有什么不同呢?不过伯伯相信的是镀金的学说。

祖父死了的时候

祖父总是有点变样子，他喜欢流起眼泪来，同时过去很重要的事情他也忘掉。比方过去那一些他常讲的故事，现在讲起来，讲了一半，下一半他就说："我记不得了。"

某夜，他又病了一次，经过这一次病，他竟说：

"给你三姑写信，叫她来一趟，我不是四五年没看过她吗？"他叫我写信给我已经死去五年的姑母。

那次离家是很痛苦的。学校来了开学通知信，祖父又一天一天的变样起来。

祖父睡着的时候，我就躺在他的旁边哭，好像祖父已经离开我死去似的，一面哭着一面抬头看他凹陷的嘴唇。

我若死掉祖父，就死掉我一生最重要的一个人，好像他死了就把人间一切"爱"和"温暖"带得空空虚虚。我的心被丝线扎住或是被铁丝绞住了。

我联想到母亲死的时候。母亲死以后，父亲怎样打我，又娶一个新母亲来。这个母亲很客气，不打我，就是骂，也是指着桌子或椅子来骂我。客气是越客气了，但是冷淡了，疏远了，生人一样。

"到院子去玩玩吧！"祖父说了这话之后，在我的头上撞了一下，"喂！你看这是什么？"黄金色的橘子落到我的手中。

夜间不敢到茅厕去，我说："妈妈同我到茅厕去趟吧。"

"我不去！"

"那我害怕呀！"

"怕什么？"

"怕什么？怕鬼怕神？"父亲也说话了，把眼睛从眼镜上面看着我。

冬天，祖父已经睡下，赤着脚，开着纽扣跟我到外面茅厕去。

学校开学，我迟到了四天。

三月里，我又回家一次。正在外面叫门，里面小弟弟嚷着：

"姐姐回来了！姐姐回来了！"

大门开时，我就远远注意着祖父住着的那间房子。果然祖父的面孔和胡子闪现在玻璃窗里。

我跳着笑着跑进屋去。但不是高兴，只是心酸，祖父的脸色更惨淡更白了。等屋子里一个人没有时，他流着泪，他慌慌忙忙的一边用袖口擦着眼泪，一边抖动着嘴唇：

"爷爷不行了，不知早晚……前些日子好险没跌……跌死。"

"怎么跌的?"

"就是在后屋，我想去解手，招呼人，也听不见，按电铃也没有人来，就得爬啦。还没到后门口，腿颤，心跳，眼前发花了一阵就倒下去。没跌断了腰……人老了，有什么用处! 爷爷是八十一岁呢!"

"爷爷是八十一岁。"

"没用了，活了八十一岁还是在地上爬呢! 我想想你看不着爷爷了，谁知没有跌死，我又慢慢爬到炕上。"

我走的那天也是和我回来那天一样，白色的脸的轮廓闪现在玻璃窗里。

在院心我回头看着祖父的面孔，走到大门口，在大门口我仍可看见，出了大门，就被门扇遮断。

从这一次祖父就与我永远隔绝了。虽然那次和祖父告别，并没说出一个永别的字。

我回来看祖父，这回门前吹着喇叭，幡杆挑得比房头更高，马车离家很远的时候，我已看到高高的白色幡杆了，吹鼓手们的喇叭怆凉的在悲号。马车停在喇叭声中，大门前的白幡，白对联，院心的灵棚，闹嚷嚷许多人，吹鼓手们响起呜呜的哀号。

　　这回祖父不坐在玻璃窗里，是睡在堂屋的板床上，没有灵魂地躺在那里。我要看一看他白色的胡子，可是怎样看呢！拿开他脸上蒙着的纸吧，胡子，眼睛和嘴，都不会动了，他真的一点感觉也没有了？

　　我从长长的袖管里去摸他的手，手也没有感觉了。祖父这回真死去了啊！

　　祖父装进棺材去的那天早晨，正是后园里玫瑰花开放满树的时候。

　　我扯着祖父的一张被角，抬向灵前去。吹鼓手在灵前吹着大喇叭。

　　我怕起来，我号叫起来。

　　"咣咣！"黑色的，半尺厚的灵柩盖子压上去。

　　吃饭的时候，我饮了酒，用祖父的酒杯饮的。饭后我跑到后园玫瑰树下去卧倒，园中飞着蜂子和蝴蝶，绿草的清凉的气味，这都和十年前一样。可是十年前死了妈妈。妈妈死后我仍是在园中捕蝴蝶；这回祖父死去，我却饮了酒。

过去的十年我是和父亲打斗着生活。在这期间我觉得人是残酷的东西。父亲对我是没有好面孔的，对于仆人也是没有好面孔的，他对于祖父也是没有好面孔的。

因为仆人是穷人，祖父是老了，我是个小孩子，所以我们这些完全没有保障的人就落到他的手里。后来我看到新娶来的母亲也落到他的手里，他喜欢她的时候，便同她说笑，他恼怒时便骂她，母亲渐渐也怕起父亲来。

母亲也不是穷人，也不是老人，也不是孩子，怎么也怕起父亲来呢？

我到邻家去看看，邻家的女人也是怕男人。我到舅家去，舅母也是怕舅父。

我懂得的尽是些偏僻的人生，我想世间死了祖父，就没有再同情我的人了，世间死了祖父，剩下的尽是些凶残的人。

我饮了酒，回想，幻想……

以后我必须不要家，到广大的人群中去，但我在玫瑰树下颤栗了，人群中没有我的祖父。

所以我哭着，整个祖父死的时候我哭着。

初 冬

初冬，我走在清凉的街道上遇见了我的弟弟。

"莹姐，你走到哪里去?"

"随便走走吧!"

"我们去吃一杯咖啡，好不好，莹姐?"

咖啡店的窗子在帘幕下挂着苍白的霜层。我把领口脱着毛的外衣搭在衣架上。

我们开始搅着杯子玲啷的响了。

"天冷了吧! 并且也太孤寂了，你还是回家的好。"弟弟的眼睛是深黑色的。

我摇了头，我说:

"你们学校的篮球队近来怎么样? 还活跃吗? 你还是很

热心吗？"

"我掷筐掷得更进步，可惜你总也没到我们的球场上来了。你这样不畅快是不行的。"

我仍搅着杯子，也许飘流久了的心情，就和离了岸的海水一般，若非遇到大风是不会翻起的，我开始弄着手帕。弟弟再向我说什么我已不去听清他，仿佛自己是沉坠在深远的幻想的井里。

我不记得怎样咖啡被我吃干了杯了。茶匙在搅着空的杯子时，弟弟说：

"再来一杯吧！"

女侍者带着欢笑一般飞起的头发来到我们桌边。她又用很响亮的脚步摇摇的走了去。

也许是因为清早或是天寒，再没有人走进这咖啡店。在弟弟默默看着我的时候，在我的思想宁静得玻璃一般平的时候，壁间暖气管小小嘶鸣的声音都听得到了。

"天冷了，还是回家好，心情这样不畅快长久了是无益的。"

"怎么！"

"太坏的心情于你有什么好处呢？"

"为什么要说我的心情不好呢？"

我们又都搅着杯子。有外国人走进来，那响着嗓子的，嘴不住在说的女人，就坐在我们的近边，她离得我越近，我越嗅到她满衣的香气，那使我感到她离得我更辽远，也感到全人类离得我更辽远。也许她那安闲而幸福的态度与我一点联系也没有。

我们搅着杯子，杯子不能像起初搅得发响了，街车好像渐渐多了起来，闪在窗子上的人影迅速而且繁多了。隔着窗子可以听到喑哑的笑声和喑哑的踏在行人道上的鞋子的声音。

"莹姐，"弟弟的眼睛是深黑色的，"天冷了，再不能飘流下去，回家去吧！"等他说："你的头发这样长了，怎么不到理发店去一次呢？"我不知为什么被他这话所激动了。

也许要熄灭的灯火在我心中复燃起来，热力和光明鼓荡着我：

"那样的家我是不想回去的。"

"那么飘流着，就这样飘流着？"弟弟的眼睛是深黑色的。他的杯子留在左手里边，另一只手在桌面上手心向上翻张了开来，要在空间摸索着什么似的。最后他是捉住他自己的领巾。我看着他在抖动的嘴唇：

"莹姐，我真担心你这个女浪人！"他的牙齿好像更白了些，更大些，而且有力了，而且充满热情了。为热情而波动，他的嘴唇是那样的退去了颜色。并且他的全人有些近乎狂人，然而是安静的，完全被热情侵占着的。

出了咖啡店，我们在结着薄碎的冰雪上面踏着脚。

初冬，朝晨的红日扑着我们的头发，这样的红光使我感到欣快和寂寞。弟弟不住地在手下摇着帽子，肩头耸起了又落下了；心脏也是高了又低了。

渺小的同情者和被同情者离开了市街。

停在一个荒败的枣树园的前面时，他突然把很厚的手伸给了我，这是我们要告别了。

"我到学校去上课！"他脱开我的手向着和我相反的方向背转过去。可是走了几步又转回来：

"莹姐，我看你还是回家的好！"

"那样的家我是不能回去的，我不愿意受和我站在两极端父亲的豢养……"

"那么你要钱用么?"

"不要的。"

"那么你就这个样子吗？你瘦了！你快要生病了！你的衣服也太薄啊！"弟弟的眼睛是深黑色的，充满着祈祷和愿望。我们又握过手，分别方向走去。

太阳在我的脸面上闪闪耀耀，仍和未遇见弟弟以前一样，我穿着街头，我无目的的走。寒风，刺着喉头，时时要发作小小的咳嗽。

弟弟留给我的是深黑色的眼睛，这在我散漫与孤独的流荡人的心板上，怎能不微温了一个时刻？

一九三五年　初冬

家族以外的人

我蹲在树上，渐渐有点害怕，太阳也落下去了；树叶的声响也唰唰的了；墙外街道上走着的行人也都和影子似的黑丛丛的；院里房屋的门窗变成黑洞了。并且野猫在我旁边的墙头上跑着叫着。

我从树上溜下来，虽然后门是开着的，但我不敢进去，我要看看母亲睡了还是没有睡？还没经过她的窗口，我就听到了席子的声音：

"小死鬼……你还敢回来！"

我折回去，就顺着厢房的墙根又溜走了。

在院心空场上的草丛里边站了一些时候，连自己也没有注意到我是折碎了一些草叶咬在嘴里。白天那些所熟识的虫子，也都停止了鸣叫，在夜里叫的是另外一些虫子，它们的声音沉静，清脆而悠长。那埋着我的高草，和我的头顶一平，它们平滑，它们在我的耳边唱着那么微细的小歌，使我不能相信倒是听到还是没有听到。

"去吧……去……跳跳攒攒的……谁喜欢你……"

有二伯回来了，那喊狗的声音一直继续到厢房的那面。

我听到有二伯那拍响着的失掉了后跟的鞋子的声音，又听到厢房门扇的响声。

"妈睡了没睡呢？"我推着草叶，走出了草丛。

有二伯住着的厢房，纸窗好像闪着火光似的明亮。我推开门，就站在门口。

"还没睡？"

我说："没睡。"

他在灶口烧着火，火叉的尖端插着玉米。

"你还没有吃饭？"我问他。

"吃什……么……饭？谁给留饭！"

我说："我也没吃呢！"

"不吃，怎么不吃？你是家里人哪……"他的脖子比平日喝过酒之后更红，并且那脉管和那正在烧着的小树枝差不多。

"去吧……睡睡……觉去吧！"好像不是对我说似的。

"我也没吃饭呢！"我看着已经开始发黄的玉米。

"不吃饭，干什么来的……"

"我妈打我……"

"打你！为什么打你?"

孩子的心上所感到的温暖是和大人不同的，我要哭了，我看着他嘴角上流下来的笑痕。只有他才是偏着我这方面的人，他比妈妈还好。立刻我后悔起来，我觉得我的手在他身旁抓起一些柴草来，抓得很紧，并且许多时候没有把手松开，我的眼睛不敢再看到他的脸上去，只看到他腰带的地方和那脚边的火堆。我想说：

"二伯……再下雨时我不说你'下雨冒泡，王八戴草帽'啦……"

"你妈打你……我看该打……"

"怎么……"我说，"你看……她不让我吃饭！"

"不让你吃饭……你这孩子也太好去啦……"

"你看，我在树上蹲着，她拿火叉子往下叉我……你看……把胳臂都给叉破皮啦……"我把手里的柴草放下，一只手卷着袖子给他看。

"叉破皮……为啥叉的呢……还有个缘由没有呢?"

"因为拿了馒头。"

"还说呢……有出息！我没见过七八岁的姑娘还偷东

西……还从家里偷东西往外边送!"他把玉米从叉子上拔下来了。

火堆仍没有灭;他的胡子在玉米上,我看得很清楚是扫来扫去的。

"就拿三个……没多拿……"

"嗯!"把眼睛斜着看我一下,想要说什么,但又没有说。只是胡子在玉米上像小刷子似的来往着。

"我也没吃饭呢!"我咬着指甲。

"不吃……你愿意不吃……你是家里人!"好像抛给狗吃的东西一样,他把半段玉米打在我的脚上。

有一天,我看到母亲的头发在枕头上已经蓬乱起来,我知道她是睡熟了,我就从木格子下面提着鸡蛋筐子跑了。

那些邻居家的孩子就等在后院的空磨房里边。我顺着墙根走了回来的时候,安全,毫没有意外,我轻轻的招呼他们一声,他们就从窗口把篮子提了进去,其中有一个比我们大一些的,叫他小哥哥的,他一看见鸡蛋就抬一抬肩膀,伸一下舌头。小哑巴姑娘,她还为了特殊的得意啊啊了两声。

"嗳!小点声……花姐她妈剥她的皮呀……"

把窗子关了,就在碾盘上开始烧起火来,树枝和干草的烟围蒸腾了起来;老鼠在碾盘底下跑来跑去;风车站在墙角的地方，那大轮子上边盖着蛛网，罗柜旁边余留下来的谷类的粉末，那上面挂着许多种类虫子的皮壳。

"咱们来分分吧……一人几个，自家烧自家的。"

火苗旺盛起来了，伙伴们的脸孔，完全照红了。

"烧吧！放上去吧……一人三个……"

"可是多一个给谁呢？"

"给哑巴吧！"

她接过去，啊啊的。

"小点声，别吵！别把到肚的东西吵靡啦。"

"多吃一个鸡蛋……下回别用手指画着骂人啦！啊！哑巴？"

蛋皮开始发黄的时候，我们为着这心上的满足，几乎要冒险叫喊了。

"唉呀！快要吃啦！"

"预备着吧，说熟就快的……"

"我的鸡蛋比你们的全大……像个大鸭蛋……"

"别叫……别叫。花姐她妈这半天一定睡醒啦……"

窗外有哽哽的声音，我们知道是大白狗在扒着墙皮的泥土。但同时似乎听到了母亲的声音。

母亲终于在叫我了！鸡蛋开始爆裂的时候，母亲的喊声也在尖利的刺着纸窗了。

等她停止了喊声，我才慢慢从窗子跳出去，我走得很慢，好像没有睡醒的样子，等我站到她面前的那一刻，无论如何再也压制不住那种心跳。

"妈！叫我干什么？"我一定惨白了脸。

"等一会……"她回身去找什么东西的样子。

我想她一定去拿什么东西来打我，我想要逃，但我又强制着忍耐了一刻。

"去把这孩子也带去玩……"把小妹妹放在我的怀中。

我几乎要抱不动她了，我流了汗。

"去吧！还站在这干什么……"其实磨房的声音，一点也传不到母亲这里来，她到镜子前面去梳她的头发。

我绕了一个圈子，在磨房的前面，那锁着的门边告诉了他们：

"没有事……不要紧……妈什么也不知道。"

我离开那门前，走了几步，就有一种异样的香味扑了来，并且飘满了院子。等我把小妹妹放在炕上，这种气味就满屋都是了。

"这是谁家炒鸡蛋，炒得这样香……"母亲很高的鼻子在镜子里使我有点害怕。

"不是炒鸡蛋……明明是烧的，哈！这蛋皮味，谁家……呆老婆烧鸡蛋……五里香。"

"许是吴大婶她们家？"我说这话的时候，隔着菜园子看到磨房的窗口冒着烟。

等我跑回了磨房，火完全灭了。我站在他们当中，他们几乎是摸着我的头发。

"我妈说谁家烧鸡蛋呢？谁家烧鸡蛋呢？我就告诉她，许是吴大婶她们家。哈！这是吴大婶？这是一群小鬼……"

我们就开朗的笑着。站在碾盘上往下跳着，甚至于多事起来，他们就在磨房里捉耗子。因为我告诉他们，我妈抱着小妹妹出去串门去了。

"什么人啊！"我们知道是有二伯在敲着窗桄。

"要进来，你就爬上来！还招呼什么？"我们之中有人回答他。

起初，他什么也没有看到，他站在窗口，摆着手。后来他说：

"看吧！"他把鼻子用力抽了两下，"一定有点故事……哪来的这种气味？"

他开始爬到窗台上面来，他那短小健康的身子从窗台跳进来时，好像一张磨盘滚了下来似的，土地发着响。他围着磨盘走了两圈。他上唇的红色的小胡为着鼻子时时抽动的缘故，像是一条秋天里的毛虫在他的唇上不住的滚动。

"你们烧火吗？看这碾盘上的灰……花子……这又是你

领头！我要不告诉你妈的……整天家领一群野孩子来作祸……"他要爬上窗口去了，可是他看到了那只筐子："这是什么人提出来的呢？这不是咱家装鸡蛋的吗？花子……你不定又偷了什么东西……你妈没看见！"

他提着筐子走的时候，我们还嘲笑着他的草帽。"像个小瓦盆……像个小水桶……"

但夜里，我是挨打了。我伏在窗台上用舌尖舐着自己的眼泪。

"有二伯……有老虎……什么东西……坏老头子……"我一边哭着一边咒诅着他。

但过不多久，我又把他忘记了，我和许多孩子们一道去抽开了他的腰带，或是用杆子从后面掀掉了他的没有边沿的草帽。我们嘲笑他和嘲笑院心的大白狗一样。

秋末，我们寂寞了一个长久的时间。

那些空房子里充满了冷风和黑暗；长在空场上的高草，干败了而倒了下来；房后菜园上的各种秧棵完全挂满了白霜；老榆树在墙根边仍旧随风摇摆它那还没有落完的叶子；天空是发灰色的，云彩也失去了形状，有时带来了雨点，有时又带来了细雪。

我为着一种疲倦，也为着一点新的发现，我登着箱子和柜子，爬上了装旧东西的屋子的棚顶。

那上面，黑暗，有一种完全不可知的感觉，我摸到了一个小木箱，来捧着它，来到棚顶洞口的地方，借着洞口的光亮，看到木箱是锁着一个发光的小铁锁，我把它在耳边摇了摇，又用手掌拍一拍……那里面冬郎冬郎的响着。

我很失望，因为我打不开这箱子，我又把它送了回去。于是我又往更深和更黑的角落处去探爬。因为我不能站起来走，这黑洞洞的地方一点也不规则，走在上面时时有跌倒的可能。所以在爬着的当儿，手指所触到的东西，可以随时把它们摸一摸。当我摸到了一个小琉璃罐，我又回到了亮光的地方……我该多么高兴，那里面完全是黑枣，我一点也没有再迟疑，就抱着这宝物下来了，脚尖刚接触到那箱子的盖顶，我又和小蛇一样把自己落下去的身子缩了回来，我又在棚顶蹲了好些时候。

我看着有二伯打开了就是我上来的时候登着的那个箱子。我看着他开了很多时候，他用牙齿咬着他手里的那块小东西……他歪着头，咬得咯啦啦的发响，咬了之后又放在手里扭着它，而后又把它触到箱子上去试一试。最后一次那箱子上的铜锁发着弹响的时候，我才知道他扭着的是一段铁丝。他把帽子脱下来，把那块盘卷的小东西就压在帽顶里面。

他把箱子翻了好几次：红色的椅垫子，蓝色粗布的绣花围裙……女人的绣花鞋子……还有一团滚乱的花色的线，在箱子底上还躺着一只湛黄的铜酒壶。

后来他伸出那布满了筋络的两臂，震撼着那箱子。

我想他可不是把这箱子搬开！搬开我可怎么下去？

他抱起好几次，又放下好几次，我几乎要招呼住他。

等一会，他从身上解下腰带来了，他弯下腰去，把腰带横在地上，一张一张的把椅垫子堆起来，压到腰带上去，而后打着结，椅垫子被束起来了。他喘着呼喘，试着去提一提。

他怎么还不快点出去呢？我想到了哑巴，也想到了别人，好像他们就在我的眼前吃着这东西似的使我得意。

"啊哈……这些……这些都是油乌乌的黑枣……"

我要向他们说的话都已想好了。

同时这些枣在我的眼睛里闪光，并且很滑，又好像已经在我的喉咙里上下的跳着。

他并没有把箱子搬开，他是开始锁着它。他把铜酒壶立在箱子的盖上，而后他出去了。

我把身子用力去拖长，使两个脚掌完全牢牢实实的踏到了箱子，因为过于用力抱着那琉璃罐，胸脯感到了发痛。

有二伯又走来了，他先提起门旁的椅垫子，而后又来拿箱盖上的铜酒壶，等他把铜酒壶压在肚子上面，他才看到墙角站着的是我。

他立刻就笑了，我还从来没有看到过他笑得这样过分，把牙齿完全露在外面，嘴唇像是缺少了一个边。

"你不说么？"他的头顶站着无数很大的汗珠。

"说什么……"

"不说，好孩子……"他拍着我的头顶。

"那么，你让我把这个琉璃罐拿出去？"

"拿吧！"

他一点也没有看到我，我另外又在门旁的筐子里抓了五个馒头跑了。

等母亲说丢了东西的那天，我也站到她的旁边去。

我说："那我也不知道。"

"这可怪啦……明明是锁着……可哪儿来的钥匙呢？"母亲的尖尖的下颚是向着家里的别的人说的。后来那歪脖的年青的厨夫也说：

"哼！这是谁呢？"

我又说："那我也不知道。"

可是我脑子上走着的，是有二伯怎样用腰带捆了那些椅垫子，怎样把铜酒壶压在肚子上，并且那酒壶就贴着肉的。并且有二伯好像在我的身体里边咬着那铁丝咖郎郎的响着似的。我的耳朵一阵阵的发烧，我把眼睛闭了一会。

可是一睁开眼睛，我就向着那敞开的箱子又说：

"那我也不知道。"

后来我竟说出了："那我可没看见。"

等母亲找来一条铁丝，试着怎样可以做成钥匙，她扭了一些时候，那铁丝并没有扭弯。

"不对的……要用牙咬，就这样……一咬……再一扭……再一咬……"很危险，舌头若一滑转的时候，就要说了出来。我看见我的手已经在作着式子。

我开始把嘴唇咬得很紧，把手臂放在背后在看着他们。

"这可怪啦……这东西，又不是小东西……怎么能从院子走得出？除非是晚上……可是晚上就是来贼也偷不出去的……"母亲很尖的下颚使我害怕，她说的时候，用手推了推旁边的那张窗子：

"是啊！这东西是从前门走的，你们看……这窗子一夏就没有打开过……你们看……这还是去年秋天糊的窗缝子。"

"别绊脚！过去……"她用手推着我。

她又把这屋子的四边都看了看。

"不信……这东西去路也没有几条……我也能摸到一点边……不信……看着吧……这也不行啦。春天丢了一个铜火锅……说是放忘了地方啦……说是慢慢找，又是……也许借出去啦！哪有那么一回事……早还了输赢账啦……当他家里人看待……还说不拿他当家里人看待，好哇……慢慢把房梁也拆走啦……"

"啊……啊！"那厨夫抓住了自己的围裙，擦着嘴角。那歪了的脖子和一根蜡签似的，好像就要折断下来。

母亲和别人完全走完了时，他还站在那个地方。

晚饭的桌上，厨夫问着有二伯：

"都说你不吃羊肉，那么羊肠你吃不吃呢？"

"羊肠也是不能吃。"他看着他自己的饭碗说。

"我说，有二爷，这炒辣椒里边，可就有一段羊肠，我可告诉你！"

"怎么早不说，这……这……这……"他把筷子放下来，他运动着又要红起来的脖颈，把头掉转过去，转得很慢，看起来就和用手去转动一只瓦盆那样迟滞。

"有二是个粗人，一辈子……什么都吃……就……是……不吃……这……羊……身上……的……不戴……羊……皮帽……子……不穿……羊……皮……衣裳……"他一个字一个字平板的说下去：

"下回……"他说，"……杨安……你炒什么……不管菜汤里头……若有那羊身上的呀……先告诉我一声……有二不是那嘴馋的人！吃不吃不要紧……就是吃口咸菜……

我也不吃那……羊……身……上……的……"

"可是有二爷，我问你一件事……你喝酒用什么酒壶喝呢？非用铜酒壶不可？"杨厨子的下巴举得很高。

"什么酒壶……还不一样……"他又放下了筷子，把旁边的锡酒壶格格的拘了两下："这不是吗？……锡酒壶……喝的是酒……酒好……就不在壶上……哼！也不……年青的时候，就总爱……这个……锡酒壶……把它擦得闪光湛亮……"

"我说有二爷……铜酒壶好不好呢？"

"怎么不好……一擦比什么都亮堂……"

"对了，还是铜酒壶好喔……哈……哈哈……"厨子笑了起来。他笑得在给我装饭的时候，几乎是抢掉了我的饭碗。

母亲把下唇拉长着，她的舌头往外边吹一点风，有几颗饭粒落在我的手上。

"哼！杨安……你笑我……不吃……羊肉，那真是吃不得。比方，我三个月就……没有了娘……羊奶把我长大的……若不是……还活了六十多岁……"

杨安拍着膝盖："你真算是个有良心的人，为人没作过昧良心的事，是不是？我说，有二爷……"

"你们年青人，不信这话……这都不好……人要知道自家的来路⋯⋯不好反回头去倒咬一口⋯⋯人要知恩报恩⋯⋯说书讲古上都说⋯⋯比方羊⋯⋯就是我的娘⋯⋯不是⋯⋯不是⋯⋯我可活六十多岁?"他挺直了背脊,把那盘羊肠炒辣椒用筷子推开了一点。

吃完了饭,他退了出去,手里拿着那没有边沿的草帽。沿着砖路,他走下去了,那泥污的,好像两块朽木头似的⋯⋯他的脚后跟随着那挂在脚尖上的鞋片在砖路上拖拖着,而那头顶就完全像个小锅似的冒着气。

母亲跟那厨夫在起着高笑。

"铜酒壶⋯⋯啊哈⋯⋯还有椅垫子呢⋯⋯问问他⋯⋯他知道不知道?"杨厨夫,他的脖子上的那块疤痕,我看也大了一些。

我有点害怕母亲,她的完全露着骨节的手指,把一条很胖的鸡腿送到嘴上去,撕着,并且还露着牙齿。

又是一回母亲打我,我又跑到树上去,因为树枝完全没有了叶子,母亲向我飞来的小石子差不多每颗都像小钻子似的刺痛着我的全身。

"你再往上爬⋯⋯再往上爬⋯⋯拿杆子把你绞下来。"

母亲说着的时候,我觉得抱在胸前的那树干有些颤了,因为我已经爬到了顶梢,差不多就要爬到枝子上去了。

"你这小贴树皮,你这小妖精⋯⋯我可真就算治不了你……"她就在树下徘徊着……许多工夫没有向我打着石子。

许多天,我没有上树,这感觉很新奇,我向四面望着,觉得只有我才比一切高了一点,街道上走着的人,车,附近的房子都在我的下面,就连后街上卖豆芽菜的那家的幌杆,我也和它一般高了。

"小死鬼……你滚下来不滚下来呀……"母亲说着"小死鬼"的时候,就好像叫着我的名字那般平常。

"啊!怎样的?"只要她没有牢牢实实的抓到我,我总不十分怕她。

她一没有留心,我就从树干跑到墙头上去:"啊哈……看我站在什么地方?"

"好孩子啊……要站到老爷庙的旗杆上去啦……"回答着我的,不是母亲,是站在墙外的一个人。

"快下来……墙头不都是踏坏了吗?我去叫你妈来打你。"是有二伯。

"我下不来啦,你看,这不是吗?我妈在树根下等着我……"

"等你干什么?"他从墙下的板门走了进来。

"等着打我!"

"为啥打你?"

"尿了裤子。"

"还说呢……还有脸？七八岁的姑娘……尿裤子……滚下来？墙头踏坏啦！"他好像一只猪在叫唤着。

"把她抓下来……今天我让她认识认识我！"

母亲说着的时候，有二伯就开始卷着裤脚。

我想：这是做什么呢？

"好！小花子，你看着……这还无法无天啦呢……你可等着……"

等我看见他真的爬上了那最低级的树叉，我开始要流出眼泪来，喉管感到特别发胀。

"我要……我要说……我要说……"

母亲好像没有听懂我的话，可是有二伯没有再进一步，他就蹲在那很粗的树叉上：

"下来……好孩子……不碍事的，你妈打不着你，快下来，明天吃完早饭二伯领你上公园……省得在家里她们打你……"

他抱着我，从墙头上把我抱到树上，又从树上把我抱下来。

我一边抹着眼泪一边听着他说：

"好孩子……明天咱们上公园。"

第二天早晨，我就等在大门洞里边，可是等到他走过我的时候，他也并不向我说一声："走吧！"我从身后赶了上去，我拉住他的腰带：

"你不说今天领我上公园吗？"

"上什么公园……去玩去吧！去吧……"只看着前面的道路，他并不看着我。昨天说的话好像不是他。

后来我就挂在他的腰带上，他摇着身子，他好像摆着贴在他身上的虫子似的摆脱着我。

"那我要说，我说铜酒壶……"

他向四边看了看，好像是叹着气：

"走吧？绊脚星……"

一路上他也不看我，不管我怎样看中了那商店窗子里摆着的小橡皮人，我也不能多看一会，因为一转眼……他就走远了。等走在公园门外的板桥上，我就跑在他的前面。

"到了！到了啊……"我张开了两只胳臂，几乎自己要飞起来那么轻快。

没有叶子的树，公园里面的凉亭，都在我的前面招呼着我。一走进公园去，那跑马戏的锣鼓的声音，就震着我的耳朵，几乎把耳朵震聋了的样子，我有点不辨方向了。我拉着有二伯烟荷包上的小圆葫芦向前走。经过白色布棚的时候，我听到里面喊着：

"怕不怕？"

"不怕。"

"敢不敢?"

"敢哪……"

不知道有二伯要走到什么地方去?

棚棚戏,西洋景……耍猴的……耍熊瞎子的……唱木偶戏的。这一些我们都走过来了,再往那边去,就什么也看不见了。并且地上的落叶也厚了起来,树叶子完全盖着我们在走着的路径。

"二伯! 我们不看跑马戏的?"

我把烟荷包上的小圆葫芦放开,我和他距离开一点,我看着他的脸色:

"那里头有老虎……老虎我看过。我还没有看过大象。人家说这伙马戏班子是有三匹象:一匹大的两匹小的,大的……大的……人家说,那鼻子,就只一根鼻子比咱家烧火的叉子还长……"

他的脸色完全没有变动。我从他的左边跑到他的右边。又从右边跑到左边:

"是不是呢? 有二伯,你说是不是……你也没看见过?"

因为我是倒退着走,被一条露在地面上的树根绊倒了。

"好好走!"他也并没有拉我。

我自己起来了。

公园的末角上，有一座茶亭，我想他到这个地方来，他是渴了！但他没有走进茶亭去，在茶亭后边，有和房子差不多，是席子搭起来的小房。

　　他把我领进去了，那里边黑洞洞的，最里边站着一个人，比画着，还打着什么竹板。有二伯一进门，就靠边坐在长板凳上，我就站在他的膝盖前，我的腿站得麻木了的时候，我也不能懂得那人是在干什么？他还和姑娘似的带着一条辫子，他把腿伸开了一只，像打拳的样子，又缩了回来，又把一只手往外推着……就这样走了一圈，接着又"叭"打了一下竹板。唱戏不像唱戏，耍猴不像耍猴，好像卖膏药的，可是我也看不见有人买膏药。

　　后来我就不向前边看，而向四面看，一个小孩也没有。前面的板凳一空下来，有二伯就带着我升到前面去，我也坐下来，但我坐不住，我总想看那大象。

　　"二伯，咱们看大象去吧，不看这个。"

　　他说："别闹，别闹，好好听……"

　　"听什么，那是什么？"

　　"他说的是关公斩蔡阳……"

　　"什么关公哇？"

　　"关老爷，你没去过关老爷庙吗？"

　　我想起来了，关老爷庙里，关老爷骑着红色的马。

"对吧！关老爷骑着红色……"

"你听着……"他把我的话截断了。

我听了一会还是不懂，于是我转过身来，面向后坐着，还有一个瞎子，他的每一个眼球上盖着一个白泡。还有一个一条腿的人，手里还拿着木杖。坐在我旁边的人，那人的手包了起来，用一条布带挂到脖子上去。

等我听到"叭叭叭"的响了一阵竹板之后，有二伯还流了几颗眼泪。

我是一定要看大象的，回来的时候再经过白布棚我就站着不动了。

"要看，吃完晌饭再来看……"有二伯离开我慢慢的走着："回去，回去吃完晌饭再来看。"

"不嘛！饭我不吃，我不饿，看了再回去。"我拉住他的烟荷包。

"人家不让进，要买票的，你没看见……那不是把门的人吗？"

"那咱们不好也买票！"

"哪来的钱……买票两个人要好几十吊钱。"

"我看见啦，你有钱，刚才在那棚子里你不是还给那个人钱来吗？"我贴到他的身上去。

"那才给几个铜钱！多啦没有，你二伯多啦没有。"

"我不信，我看有一大堆！"我跷着脚尖！掀开了他的衣襟，把手探进他的衣兜里去。

"是吧！多啦没有吧！你二伯多啦没有，没有进财的道……也就是个月七成的看个小牌，赢两吊……可是输的时候也不少。哼哼。"他看着拿在我手里的五六个铜元。

"信了吧！孩子，你二伯多啦没有……不能有……"一边走下了木桥，他一边说着。

那马戏班子的喊声还是那么热烈的在我们的背后反复着。

有二伯在木桥下那围着一群孩子，抽签子的地方也替我抛上两个铜元去。

我一伸手就在铁丝上拉下一张纸条来，纸条在水碗里面立刻变出一个通红的"五"字。

"是个几？"

"那不明明是个五吗？"我用肘部击撞着他。

"我哪认得呀！你二伯一个字也不识，一天书也没念过。"

回来的路上，我就不断的吃着这五个糖球。

第二次，我看到有二伯偷东西，好像是第二年的夏天，因为那马蛇菜的花，开得过于鲜红，院心空场上的高草，长得比我的年龄还快，它超过我了，那草场上的蜂子，蜻蜓，还更来了一些不知名的小虫，也来了一些特殊的草种，它们还会开着花，淡紫色的，一串一串的，站在草场中，它们还特别的高，所以那花穗和小旗子一样动荡在草场上。

吃完了午饭，我是什么也不做，专等着小朋友们来，可是他们一个也不来。于是我就跑到粮食房子去，因为母亲在清早端了一个方盘走进去过。我想那方盘中……哼……一定是有点什么东西？

母亲把方盘藏得很巧妙，也不把它放在米柜上，也不放在粮食仓子上，她把它用绳子吊在房梁上了。我正在看着那奇怪的方盘的时候，我听到板仓里好像有耗子，也或者墙里面有耗子……总之，我是听到了一点响动……过了一会竟有了喘气的声音，我想不会是黄鼠狼子？我有点害怕，就故意用手拍着板仓，拍了两下，听听就什么也没有了……可是很快又有什么东西在喘气……咝咝的……好像肺管里面起着泡沫。

这次我有点暴躁：

"去！什么东西……"

有二伯的胸部和他红色的脖子从板仓伸出来一段……当时，我疑心我也许是在看着木偶戏！但那顶窗透进来的太阳证明给我，被那金红色液体的东西染着的正是有二伯尖长的突出的鼻子……他的胸膛在白色的单衫下面不能够再压制得住，好像小波浪似的在雨点里面任意的跳着。

他一点声音也没有作，只是站着，站着……他完全和一只受惊的公羊那般愚傻！

我和小朋友们，捉着甲虫，捕着蜻蜓，我们做这种事情，永不会厌倦。野草，野花，野的虫子，它们完全经营在我们的手里，从早晨到黄昏。

假若是个晴好的夜，我就单独留在草丛里边，那里有闪光的甲虫，有虫子低微的吟鸣，有高草摇着的夜影。

有时我竟压倒了高草，躺在上面，我爱那天空，我爱那星子……听人说过的海洋，我想也就和这天空差不多了。

晚饭的时候，我抱着一些装满了虫子的盒子，从草丛回来，经过粮食房子的旁边，使我惊奇的是有二伯还站在那里，破了的窗洞口露着他发青的嘴角和灰白的眼圈。

"院子里没有人吗？"好像是生病的人喑哑的喉咙。

"有！我妈在台阶上抽烟。"

"去吧！"

他完全没有笑容，他苍白，那头发好像墙头上跑着的野猫的毛皮。

饭桌上，有二伯的位置，那木凳上蹲着一匹小花狗。它戏耍着的时候，那卷尾巴和那铜铃完全引人可爱。

母亲投了一块肉给它。歪脖的厨子从汤锅里取出一块很大的骨头来……花狗跳到地上去，追了那骨头发了狂，那铜铃暴躁起来……

小妹妹笑得用筷子打着碗边，厨夫拉起围裙来擦着眼睛，母亲却把汤碗倒翻在桌子上了。

"快拿……快拿抹布来，快……流下来啦……"她用手按着嘴，可是总有些饭粒喷出来。

厨夫收拾桌子的时候，就点起煤油灯来，我面向着菜园坐在门槛上，从门道流出来的黄色的灯光当中，砌着我圆圆的头部和肩膀，我时时举动着手，揩着额头的汗水，每揩了一下，那影子也学着我揩了一下。透过我单衫的晚风，像是青蓝色的河水似的清凉……后街，粮米店的胡琴的声音也响了起来，幽远的回音，东边也在叫着，西边也在叫着……日里黄色的花变成白色的了，红色的花，变成黑色的了。

火一样红的马蛇菜的花也变成黑色的了。同时，那盘结着墙根的野马蛇菜的小花，就完全看不见了。

有二伯也许就踏着那些小花走去的，因为他太接近了墙根，我看着他……看着他……他走出了菜园的板门。

他一点也不知道，我从后面跟了上去。因为我觉得奇怪，他偷这东西做什么呢？也不好吃，也不好玩。

我追到了板门，他已经过了桥，奔向着东边的高冈。

高冈上的去路，宽宏而明亮。两边排着的门楼在月亮下面，我把它们当成庙堂一般想象。

有二伯的背上那圆圆的小袋子我还看得见的时候，远处，在他的前方，就起着狗叫了。

第三次我看见他偷东西，也许是第四次……但这也就是最后的一次。

他捎了大澡盆从菜园的边上横穿了过去，一些龙头花被他撞掉下来。这次好像他一点也不害怕，那白洋铁的澡盆刚郎刚郎的埋没着他的头部在呻叫。

并且好像大块的白银似的，那闪光照耀得我很害怕，我靠到墙根上去，我几乎是发呆的站着。

我想：母亲抓到了他，是不是会打他呢？同时我又起了一种佩服他的心情："我将来也敢和他这样偷东西吗？"

但我又想：我是不偷这东西的，偷这东西干什么呢？这样大，放到哪里母亲也会捉到的。

但有二伯却顶着它，像是故事里银色的大蛇似的走去了。

以后，我就没有看到他再偷过。但我又看到了别样的事情，那更危险，而且又常常发生，比方我在高草中正捏住了蜻蜓的尾巴……鼓冬……板墙上有一块大石头似的抛了过来，蜻蜓无疑的是飞了。比方夜里，我就不敢再沿着那道板墙去捉蟋蟀，因为不知什么时候有二伯会从墙顶落下来。

丢了澡盆之后，母亲把三道门都下了锁。

所以小朋友们之中，我的蟋蟀捉得最少。因此我就怨恨有二伯：

"你总是跳墙，跳墙……人家蟋蟀都不能捉了！"

"不跳墙……说得好，有谁给开门呢？"他的脖子挺得很直。

"杨厨子开吧……"

"杨……厨子……哼……你们是家里人……支使得动他……你二伯……"

"你不会喊！叫他……叫他听不着，你就不会打门……"我的两只手，向两边摆着。

"哼……打门……"他的眼睛用力往低处看去。

"打门再听不着，你不会用脚踢……"

"踢……锁上啦……踢他干什么！"

"那你就非跳墙不可，是不是？跳也不轻轻跳，跳得那样吓人？"

"怎么轻轻的？"

"像我跳墙的时候，谁也听不着，落下来的时候，是蹲着……两只膀子张开……"我平地就跳了一下给他看。

"小的时候是行啊……老了，不行啦！骨头都硬啦！你二伯比你大六十岁，哪儿还比得了？"

他嘴角上流下来一点点的笑来。右手拿抓着烟荷包，左手摸着站在旁边的大白狗的耳朵……狗的舌头舐着他。

可是我总也不相信，怎么骨头还会硬与不硬？骨头不就是骨头吗？猪骨头我也咬不动，羊骨头我也咬不动，怎么我的骨头就和有二伯的骨头不一样？

所以，以后我拾到了骨头，就常常彼此把它们磕一磕。遇到同伴比我大几岁的，或是小一岁的，我都要和他们试试，怎样试呢？撞一撞拳头的骨节，倒是软多少硬多少？但总也觉不出来。若用力些就撞得很痛。第一次来撞的是哑巴——管事的女儿。起先她不肯，我就告诉她：

"你比我小一岁，来试试，人小骨头是软的，看看你软不软？"

当时，她的骨节就红了，我想：她的一定比我软。可是，看看自己的也红了。

有一次，有二伯从板墙上掉下来，他摔破了鼻子。

"哼！没加小心……一只腿下来……一只腿挂在墙上……哼！闹个大头朝下……"

他好像在嘲笑着他自己，并不用衣襟或是什么揩去那血，看起来，在流血的似乎不是他自己的鼻子，他挺着很直的背脊走向厢房去，血条一面走着一面更多的画着他的前襟。已经染了血的手是垂着，而不去按住鼻子。

厨夫歪着脖子站在院心，他说：

"有二爷，你这血真新鲜……我看你多摔两个也不要紧……"

"哼！小伙子，谁也从年青过过！就不用挖苦……慢慢就有啦……"他的嘴还在血条里面笑着。

过一会，有二伯裸着胸脯和肩头，站在厢房门口，鼻子孔塞着两块小东西，他喊着：

"老杨……杨安……有单褂子借给穿穿……明天这件干啦！就把你的脱下来……我那件掉啦膀子。夹的送去做，还没倒出工夫去拿……"他手里抖着那件洗过的衣裳。

"你说什么？"杨安几乎是喊着，"你送去做的夹衣裳还没倒出工夫去拿？有二爷真是忙人！衣服做都做好啦……拿一趟就没有工夫去拿……有二爷真是二爷，将来要用个跟班的啦……"

我爬着梯子，上了厢房的房顶，听着街上是有打架的，上去看一看。房顶上的风很大，我打着颤子下来了。有二伯还赤着臂膀站在檐下。那件湿的衣裳在绳子上拍拍的被风吹着。

点灯的时候，我进屋去加了件衣裳，很例外我看到有二伯单独的坐在饭桌的屋子里喝酒，并且更奇怪的是杨厨子给他盛着汤。

"我各自盛吧！你去歇歇吧……"有二伯和杨安争夺着汤盆里的勺子。

我走去看看，酒壶旁边的小碟子里还有两片肉。

有二伯穿着杨安的小黑马褂，腰带几乎是束到胸脯上去。他从来不穿这样小的衣裳，我看他不像个有二伯，像谁呢？也说不出来？他嘴在嚼着东西，鼻子上的小塞还会动着。

本来只有父亲晚上回来的时候，才单独的坐在洋灯下吃饭。在有二伯，就很新奇，所以我站着看了一会。

杨安像个弯腰的瘦甲虫，他跑到客室的门口去……

"快看看……"他歪着脖子，"都说他不吃羊肉……不吃羊肉……肚子太小，怕是胀破了……三大碗羊汤喝完啦……完啦……哈哈哈……"他小声的笑着，做着手势，放下了门帘。

又一次，完全不是羊肉汤……而是牛肉汤……可是当有二伯拿起了勺子，杨安就说：

"羊肉汤……"

他就把勺子放下了，用筷子夹着盘子里的炒茄子，杨安又告诉他：

"羊肝炒茄子。"

他把筷子去洗了洗，他自己到碗橱去拿出了一碟酱咸菜，他还没有拿到桌子上，杨安又说：

"羊……"他说不下去了。

"羊什么呢……"有二伯看着他：

"羊……羊……唔……是咸菜呀……嗯！咸菜里边说干净也不干净……"

"怎么不干净？"

"用切羊肉的刀切的咸菜。"

"我说杨安，你可不能这样……"有二伯离着桌子很远，就把碟子摔了上去，桌面过于光滑，小碟在上面呱呱的跑着，撞在另一个盘子上才停住。

"你杨安……可不用欺生……姓姜的家里没有你……你和我也是一样，是个外棵秧！年青人好好学……怪模怪样的……将来还要有个后成……"

"呃呀呀！后成！就算绝后一辈子吧……不吃羊肠……麻花铺子炸面鱼，假腥气……不吃羊肠，可吃羊肉……别装扮着啦……"杨安的脖子因为生气直了一点。

"兔羔子……你他妈……阳气什么？"有二伯站起来向前走去。

"有二爷，不要动那样大的气……气大伤身不养家……

我说，咱爷俩都是跑腿子……说个笑话……开个心……"
厨子嗷嗷的笑着，"哪里有羊肠呢……说着玩……你看你就
不得了啦……"

好像站在公园里的石人似的，有二伯站在地心。

"……别的我不生气……闹笑话，也不怕闹……可是我
就忌讳这羊……这不是好闹笑话的……前年我不知道，吃
过一回……后来知道啦，病啦半个多月……后来这脖上生
了一块疮算是好啦……吃一回羊肉倒不算什么……就是心
里头放不下，就好像背了自己的良心……背良心的事不
做……做了那后悔是受不住的。有二不吃羊肉也就是为的
这个……"喝了一口冷水之后，他还是抽烟。

别人一个一个的开始离开了桌子……

从此有二伯的鼻子常常塞着小塞，后来又说腰痛，后
来又说腿痛。他走过院心，不像从前那么挺直，有时身子
向一边歪着，有时用手拉住自己的腰带……大白狗跟着他
前后的跳着的时候，他躲闪着它：

"去吧……去吧！"他把手缩在袖子里面，用袖口向后
扫摆着。

但，他开始诅骂更小的东西，比方一块砖头打在他的
脚上，他就坐下来，用手按住那砖头，好像他疑心那砖头
会自己走到他脚上来的一样。若当鸟雀们飞着时，有什么

脏污的东西落在他的袖子或是什么地方，他就一面抖掉它，一面对着那已经飞过去的小东西讲着话：

"这东西……啊哈！会找地方，往袖子上掉……你也是个瞎眼睛，掉，就往那个穿绸穿缎的身上掉！往我这掉也是白……穷跑腿子……"

他擦净了袖子，又向他头顶上那块天空看了一会，才重新走路。

板墙下的蟋蟀没有了，有二伯也好像不再跳板墙了。早晨厨子挑水的时候，他就跟着水桶通过板门去，而后向着井沿走，就坐在井沿旁的空着的碾盘上。差不多每天我拿了钥匙放小朋友们进来时，他总是在碾盘上招呼着：

"花子……等一等你二伯……"我看他像鸭子在走路似的。"你二伯真是不行了……眼看着……眼看着孩子们往这面来，可是你二伯就追不上……"

他一进了板门，又坐在门边的木樽上。他的一只脚穿着袜子，另一只的脚趾捆了一段麻绳，他把麻绳抖开，在小布片下面，那肿胀的脚趾上还腐了一小块。好像茄子似的脚趾，他又把它包扎起来。

"今年的运气十分不好……小毛病紧着添……"他取下来咬在嘴上的麻绳。

以后当我放小朋友进来的时候，不是有二伯招呼着我，而是我招呼着他。因为关了门，他再走到门口，给他开门的人也还是我。

在碾盘上不但坐着，他后来就常常睡觉，他睡得就像完全没有了感觉似的，有一个花鸭子伸着脖颈啄着他的脚心，可是他没有醒，他还是把脚伸在原来的地方。碾盘在太阳下闪着光，他像是睡在圆镜子上边。

我们这些孩子们抛着石子和飞着沙土，我们从板门冲出来，跑到井沿上去，因为井沿上有更多的石子，我把我的衣袋装满了它们，我就蹲在碾盘后和他们作战，石子在碾盘上"叭""叭"，好像还冒着一道烟。

有二伯，闭着眼睛，忽然抓了他的烟袋。

"王八蛋，干什么……还敢来……还敢上……"

他打着他的左边和右边，等我们都集拢来看他的时候，他才坐起来。

"……妈的……做了一个梦……那条道上的狗真多……连小狗崽也上来啦……让我几烟袋锅子就全数打了回去……"他揉一揉手骨节，嘴角上流下笑来："妈的……真是那么个滋味……做梦狗咬啦呢……醒啦还有点疼……"

明明是我们打来的石子，他说是小狗崽，我们都为这事吃惊而得意。跑开了，好像散开的鸡群，吵叫着，展着翅膀。

他打着呵欠："呵……呵呵……"在我们背后像小驴子似的叫着。

我们回头看他，他和要吞食什么一样，向着太阳张着嘴。

那下着毛毛雨的早晨，有二伯就坐到碾盘上去了。杨安担着水桶从板门来来往往的走了好几回……杨安锁着板门的时候，他就说：

"有二爷子这几天可真变样……那神气，我看几天就得进庙啦……"

我从板缝往西边看看，看不清是有二伯，好像小草堆似的，在雨里边浇着。

"有二伯……吃饭啦！"我试着喊了一声。

回答我的，只是我自己的回响，"呜呜"的在我的背后传来。

"有二伯，吃饭啦！"这次把嘴唇对准了板缝。

可是回答我的又是"呜呜"。

下雨的天气永远和夜晚一样，到处好像空瓶子似的，随时被吹着随时发着响。

"不用理他……"母亲在开窗子，"他是找死……你爸爸这几天就想收拾他呢……"

我知道这"收拾"是什么意思：打孩子们叫"打"，打大人就叫"收拾"。

我看到一次，因为看纸牌的事情，有二伯被管事的"收拾"了一回。可是父亲，我还没有看见过，母亲向杨厨子说：

"这几年来，他爸爸不屑理他……总也没在他身上动过手……可是他的骄毛越长越长……贱骨头，非得收拾不可……若不然……他就不自在。"

母亲越说"收拾"我就越有点害怕，在什么地方"收拾"呢？在院心，管事的那回可不是在院心，是在厢房的炕上。那么这回也要在厢房里！是不是要拿着烧火的叉子？那回管事的可是拿着。我又想起来小哑巴，小哑巴让他们踏了一脚，手指差一点没有踏断。到现在那小手指还不是弯着吗？

有二伯一面敲着门一面说着：

"大白……大白……你是没心肝的……你早晚……"等大白狗从板墙跳出去，他又说："去……去……"

"开门！没有人吗？"

我要跑去的时候，母亲按住了我的头顶："不用你显勤快！让他站一会吧，不是吃他饭长的……"

那声音越来越大了，真是好像用脚踢着。

"没有人吗？"每个字的声音完全喊得一平。

"人倒是有，倒不是侍候你的……你这份老爷子不中用……"母亲的说话，不知有二伯听到没有听到？

但那板门暴乱起来：

"死绝了吗？人都死绝啦……"

"你可不用假装疯魔……有二，你骂谁呀……对不住你吗？"母亲在厨房里叫着，"你的后半辈吃谁的饭来的……你想想，睡不着觉思量思量……有骨头，别吃人家的饭？讨饭吃，还嫌酸……"

并没有回答的声音，板墙隆隆的响着，等我们看到他，他已经是站在墙这边了。

"我……我说……四妹子……你二哥说的是杨安，家里人……我是不说的……你二哥，没能耐不是假的，可是吃这碗饭，你可也不用委曲……"我奇怪要打架的时候，他还笑着，"有四兄弟在……算账咱们和四兄弟算……"

"四兄弟……四兄弟屑得跟你算……"母亲向后推着我。

"不屑得跟你二哥算……哼！哪天咱们就算算看……哪天四兄弟不上学堂……咱们就算算看……"他哼哼的，好像水洗过的小瓦盆似的没有边沿的草帽切着他的前额。

他走过的院心上，一个一个的留下了泥窝。

"这死鬼……也不死……脚烂啦！还一样会跳墙……"

母亲像是故意让他听到。

"我说四妹子……你们说的是你二哥……哼哼……你们能说出口来？我死……人不好那样，谁都是爹娘养的，吃饭长的……"他拉开了厢房的门扇，就和拉着一片石头似的那样用力，但他并不走进去。"你二哥，在你家住了三十多年……哪一点对不住你们；拍拍良心……一根草棍也没给你们糟踏过……唉……四妹子……这年头……没处说去……没处说去……人心看不见……"

我拿着满手的柿子，在院心滑着跳着跑到厢房去，有二伯在烤着一个温暖的火堆，他坐得那么刚直，和门旁那只空着的大坛子一样。

"滚……鬼头鬼脑的……干什么事？你们家里头尽是些耗子。"我站在门口还没有进去，他就这样的骂着我。

我想：可真是，不怪杨厨子说，有二伯真有点变了。他骂人也骂得那么奇怪，尽是些我不懂的话，"耗子"，"耗子"与我有什么关系！说它干什么？

我还是站在门边，他又说：

"王八羔子……兔羔子……穷命……狗命……不是人……在人里头缺点什么……"他说的是一套一套的，我一点也记不住。

我也学着他，把鞋脱下来，两个鞋底相对起来，坐在下面。

"你这孩子……人家什么样，你也什么样！看着葫芦就画瓢……那好的……新新的鞋子就坐……"他的眼睛就像坛子上没有烧好的小坑似的向着我。

"那你怎么坐呢！"我把手伸到火上去。

"你二伯坐……你看看你二伯这鞋……坐不坐都是一样，不能要啦！穿啦它二年整。"把鞋从身下抽出来，向着火看了许多工夫。他忽然又生起气来……

"你们……这都是天堂的呀……你二伯像你那大……靡穿过鞋……哪来的鞋呢？放猪去，拿着个小鞭子就走……一天跟着太阳出去……又跟着太阳回来……带着两个饭团就算是晌饭……你看看你们……馒头干粮，满院子滚！我若一扫院子就准能捡着几个……你二伯小时候连馒头边都……都摸不着哇！如今……连大白狗都不去吃啦……"

他的这些话若不去打断他，他就会永久说下去：从幼小说到长大，再说到锅台上的瓦盆……再从瓦盆回到他幼年吃过的那个饭团上去。我知道他又是这一套，很使我起反感，我讨厌他，我就把红柿子放在火上去烧着，看一看烧熟是个什么样？

"去去……哪有你这样的孩子呢？人家烘点火暖暖……你也必得弄灭它……去，上一边去烧去……"他看着火堆喊着。

我穿上鞋就跑了，房门是开着，所以那骂的声音很大：

"鬼头鬼脑的，干些什么事？你们家里……尽是些耗子……"

有二伯和后园里的老茄子一样，是灰白了，然而老茄子一天比一天静默下去，好像完全任凭了命运。可是有二伯从东墙骂到西墙，从扫地的扫帚骂到水桶……而后他骂着他自己的草帽……

"……王八蛋……这是什么东西……去你的吧……没有人心！夏不遮凉冬不抗寒……"

后来他还是把草帽戴上，跟着杨厨子的水桶走到井沿上去，他并不坐到石碾上，跟着水桶又回来了。

"王八蛋……你还算个牲口……你黑心粒……"他看看墙根的猪说。

他一转身又看到了一群鸭子：

"哪天都杀了你们……一天到晚呱呱的……他妈的若是个人，也是个闲人。都杀了你们……别享福……吃得溜溜胖……溜溜肥……"

后园里的葵花子，完全成熟了，那过重的头柄几乎折断了它自己的身子。玉米有的只带了叶子站在那里，有的还挂着稀少的玉米棒。黄瓜老在架上了，赫黄色的，麻裂了皮，有的束上了红色的带子，母亲规定了它们：来年做为种子。葵花子也是一样，在它们的颈间也有的是挂了红布条。只有已经发了灰白的老茄子还都自由的吊在枝棵上，因为它们的内面，完全是黑色的子粒，孩子们既然不吃它，厨子也总不采它。

只有红柿子，红得更快，一个跟着一个，一堆跟着一堆。好像捣衣裳的声音，从四面八方传来了一样。

有二伯在一个清凉的早晨，和那捣衣裳的声音一道倒在院心了。

我们这些孩子们围绕着他，邻人们也围绕着他。但当他爬起来的时候，邻人们又都向他让开了路。

他跑过去，又倒下来了。父亲好像什么也没做，只在有二伯的头上拍了一下。

照这样做了好几次，有二伯只是和一条卷虫似的滚着。

父亲却和一部机器似的那么灵巧。他读书看报时的眼镜也还戴着，他叉着腿，有二伯来了的时候，我看见他的白绸衫的襟角很和谐的抖了一下。

"有二……你这小子混蛋……一天到晚，你骂什么……有吃有喝，你还要挣命……你个祖宗的!"

有二伯什么声音也没有。倒了的时候，他想法子爬起来，爬起来，他就向前走着，走到父亲的地方，他又倒了下来。

等他再倒了下来的时候，邻人们也不去围绕着他。母亲始终是站在台阶上。杨安在柴堆旁边，胸前立着竹帚……邻家的老祖母在板门外被风吹着她头上的蓝色的花。还有管事的……还有小哑巴……还有我不认识的人，他们都靠到墙根上去。

到后来有二伯枕着他自己的血，不再起来了，脚趾上扎着的那块麻绳脱落在旁边，烟荷包上的小圆葫芦，只留了一些片沫在他的左近。鸡叫着，但是跑得那么远……只有鸭子来啄食那地上的血液。

我看到一个绿头顶的鸭子和一个花脖子的。

冬天一来了的时候，那榆树的叶子，连一棵也不能够存在，因为是一棵孤树，所有从四面来的风，都摇得到它。所以每夜听着火炉盖上茶壶啒啒的声音的时候，我就从后窗看着那棵大树，白的，穿起了鹅毛似的……连那顶小的枝子也胖了一些。太阳来了的时候，榆树也会闪光，和闪光的房顶，闪光的地面一样。

起初，我们是玩着堆雪人，后来就厌倦了，改为拖狗爬犁了，大白狗的脖子上每天束着绳子，杨安给我们做起来的爬犁。起初，大白狗完全不走正路，它往狗窝里面跑，往厨房里面跑。我们打着它，终于使它习惯下来，但也常常兜着圈子，把我们全数扣在雪地上。它每这样做了一次，我们就一天不许它吃东西，嘴上给它挂了龙头。

但这它又受不惯，总是闹着，叫着……用腿抓着雪地，所以我们把它束到马桩子上。

不知为什么，有二伯把它解了下来，他的手又颤颤得那么厉害。

而后他把狗牵到厢房里去，好像牵着一匹小马一样……

过了一会出来了，白狗的背上压着不少东西：草帽顶，铜水壶，豆油灯碗，方枕头，团蒲扇……小圆筐……好像一辆搬家的小车。

有二伯则挟着他的棉被。

"二伯！你要回家吗?"

他总常说"走走"。我想"走"就是回家的意思。

"你二伯……嗯……"那被子流下来的棉花一块一块的沾污了雪地，黑灰似的在雪地上滚着。

还没走到板门，白狗就停下了，并且打着坠，他有些牵不住它了。

"你不走吗？你……大白……"

我取来钥匙给他开了门。

在井沿的地方，狗背上的东西，就全都弄翻了。在石碾上摆着小圆筐和铜茶壶这一切。

“有二伯……你回家吗?”若是不回家为什么带着这些东西呢!

“嗯……你二伯……”

白狗跑得很远的了。

“这儿不是你二伯的家,你二伯别处也没有家。”

“来……”他招呼着大白狗,“不让你背东西……就来吧……”

他好像要去抱那狗似的张开了两臂。

“我要等到开春……就不行……”他拿起了铜水壶和别的一切。

我想他是一定要走了。

我看着远处白雪里边的大门。

但他转回身去,又向着板门走了回来,他走动的时候,好像肩上担着水桶的人一样,东边摇着,西边摇着。

“二伯,你是忘下了什么东西?”

但回答着我的,只有水壶盖上的铜环……咯铃铃咯铃铃……

他是去牵大白狗吧?对这件事我很感到趣味,所以我抛弃了小朋友们,跟在有二伯的背后。

走到厢房门口,他就进去了,戴着龙头的白狗,他像没有看见它。

他是忘下了什么东西？

但他什么也不去拿，坐在炕沿上，那所有的全套的零碎完全照样在背上和胸上压着他。

他开始说话的时候，连自己也不能知道我是已经向着他的旁边走去。

"花子！你关上门……来……"他按着从身上退下来的东西……"你来看看!"

我看到的是些什么呢？

掀起席子来，他抓了一把：

"就是这个……"而后他把谷粒抛到地上："这不明明是往外撵我吗……腰疼……腿疼没有人看见……这炕暖倒记住啦！说是没有米吃，这谷子又潮湿……垫在这炕下炀几天……十几天啦……一寸多厚……烧点火还能热上来……哎！……想是等到开春……这衣裳不抗风……"

他拿起扫帚来，扫着窗棂上的霜雪，又扫着墙壁：

"这是些什么？吃糖可就不用花钱？"

随后他烧起火来，柴草就着在灶口外边，他的胡子上小白冰溜变成了水，而我的眼睛流着泪……那烟遮没了他和我。

他说他七岁上被狼咬了一口，八岁上被驴子踢掉一个脚趾……我问他：

"老虎，真的，山上的你看见过吗？"

他说："那倒没有。"

我又问他：

"大象你看见过吗？"

而他就不说到这上面来。他说他放牛放了几年，放猪放了几年……

"你二伯三个月没有娘……六个月没有爹……在叔叔家里住到整整七岁，就像你这么大……"

"像我这么大怎么的呢？"他不说到狼和虎我就不愿意听。

"像你那么大就给人家放猪去啦吧……"

"狼咬你就是像我那么大咬的？咬完啦，你还敢再上山不敢啦……"

"不敢，哼……在自家里是孩子……在别人就当大人看……不敢……不敢……回家去……你二伯也是怕呀……为此哭过一些……好打也挨过一些……"

我再问他："狼就咬过一回？"

他就不说狼，而说一些别的：又是那年他给人家当过喂马的……又是我爷爷怎么把他领到家里来的……又是什么五月里樱桃开花啦……又是："你二伯前些年也想给你娶个二大娘……"

我知道他又是从前那一套，我冲开了门站在院心去了。被烟所伤痛的眼睛什么也不能看了，只是流着泪……

但有二伯摊在火堆旁边，幽幽的起着哭声……

我走向上房去了，太阳晒着我，还有别的白色的闪光，它们都来包围了我；或是在前面迎接着，或是从后面迫赶着。我站在台阶上，向四面看看，那么多纯白而闪光的房顶！那么多闪光的树枝！它们好像白石雕成的珊瑚树似的站在一些房子中间。

有二伯的哭声更高了的时候，我就对着这眼前的一切更爱：它们多么接近，比方雪地是踏在我的脚下，那些房顶和树枝就是我的邻家，太阳虽然远一点，然而也来照在我的头上。

春天，我进了附近的小学校。

有二伯从此也就不见了。

一九三六年九月四日　东京

失眠之夜

　　为什么要这样失眠呢！烦躁，呕心，心跳，胆小，并且想要哭泣。

　　我想想，也许就是故乡的思虑罢。

　　窗子外面的天空高远了，和白棉一样绵软的云彩低近了，吹来的风好像带点草原的气味，这就是说已经是秋天了。

　　在家乡那边，秋天最可爱。

　　蓝天蓝得有点发黑，白云就像银子做成的一样，就像白色的大花朵似的缀在天上；就又像沉重得快要脱离开天空而坠了下来似的，而那天空就越显得高了，高得再没有那么高的。

昨天，我到朋友们的地方走了一遭，听来了好多的心愿——那许多心愿综合起来，又都是一个心愿——这回若真的打回满洲去，有的说，煮一锅高粱米粥喝；有的说，咱家那地豆多么大！说着就用手比量着，这么大，碗大；珍珠米，老的一煮就开了花的，一尺来长的；还有的说，高粱米粥，咸盐豆。还有的说，若真的打回满洲去，三天三夜不吃饭，打着大旗往家跑。跑到家去自然也免不了先吃高粱米粥或咸盐豆。

比方高粱米那东西，平常我就不愿意吃，很硬，有点发涩（也许因为我有胃病的关系），可是经他们这一说，也觉得非吃不可了。

但什么时候吃呢？那我就不知道了。而况我到底是不怎样热烈的，所以关于这一方面，我终究是不怎样亲切。

但我想我们那门前的蒿草，我想我们那后园里开着的茄子的紫色的小花，黄瓜爬上了架。而那清早，朝阳带着露珠一齐来了！

我一说到蒿草或是黄瓜，三郎就向我摆手或摇头："不，我们家，门前是两棵柳树，树荫交结着做成门形。再前面是菜园，过了菜园就是山。那金字塔形的山峰，正向着我们家的门口，而两边像蝙蝠的翅膀似的向着村子的东方和西方伸展开去。而后园黄瓜、茄子也种着，最好看的是牵牛花在石头墙的缝际爬遍了，早晨带着露水牵牛花开了……"

"我们家就不这样，没有高山，也没有柳树……只有……"我常常就这样打断他。

有时候，他也不等我说完，他就接下去。我们讲的故事，彼此都好像是讲给自己听，而不是为着对方。

只有那么一天：买来了一张《东北富源图》挂在墙上了，染着黄色的平原上站着小马，小羊，还有骆驼，还有牵着骆驼的小人；海上就是些小鱼，大鱼，黄色的鱼，红色的好像小瓶似的大肚的鱼，还有黑色的大鲸鱼；而兴安岭和辽宁一带画着许多和海涛似的绿色的山脉。

他的家就在离着渤海边不远的山脉中，他的指甲在山脉上爬着："这是大凌河……这是小凌河……哼……没有，这地图是个不完全的，是个略图……"

"好哇！天天说凌河，哪儿有凌河呢！"我不知为什么一提到家乡，常常愿意给他扫兴一点。

"你不相信！我给你看。"他去翻他的书橱去了，"这不是么！大凌河……小凌河……小孩的时候在凌河沿上捉小鱼，拿到山上去，在石头片上用火烤着吃……这边就是沈家台，离我们家二里路……"因为是把地图摊在地板上看的缘故，一面说着，他一面用手扫着他已经垂在前额的发梢。

《东北富源图》就挂在床头，所以第二天早晨，我一张开了眼睛，他就抓住了我的手：

"我想将来我回家的时候，先买两匹驴，一匹你骑着，一匹我骑着……先到我姑姑家，再到我姐姐家……顺便也许看看我舅舅去……我姐姐很爱我……她出嫁以后，每回来一次临走的时候就哭一次，姐姐也哭，我也哭……这有七八年不见了！也都老了。"

那地图上的小鱼，红的，黑的，都能够看清，我一边看着，一边听着，这一次我没有打断他，或给他扫一点兴。

"买黑色的驴，挂着铃子，走起来……铠嘟嘟铠嘟嘟……"他形容着声音的时候，就像他的嘴里边含着铃子似的在响。

"我带你到沈家台去赶集。那赶集的日子，热闹！驴身上挂着烧酒瓶……我们那边，羊肉非常便宜……羊肉炖片粉……真是味道！唉呀！这有多少年没吃那羊肉啦！"他的眉毛和额头上起着很多皱纹。

我在大镜子里边看到了他，他的手从我的手上抽回去，放在他自己的胸上，而后又反背着放在枕头下面去，但很快地又抽出来。只理一理他自己的发梢又放在枕头上去。

而我呢？我想：

"你们家对于外来的所谓'媳妇'也一样吗?"我想着就这样说了。

这失眠大概也许不是因为这个。但买驴子的买驴子,吃咸盐豆的吃咸盐豆,而我呢?坐在驴子上,所去的仍是生疏的地方,我停留着的仍然是别人的家乡。

家乡这个观念,在我本不甚切,但当别人说起来的时候,我也就心慌了!虽然那块土地在没有成为日本的之前,"家"在我就等于没有了。

这失眠一直继续到黎明,在黎明之前,在高射炮的声中,我也听到了一声声和家乡一样的震抖在原野上的鸡鸣。

八月廿二日

他的上唇挂霜了

被大欢喜追逐着，我们变成小孩子了！

家庭教师

二十元票子，使他作了家庭教师。

这是第一天，他起得很早，并且脸上也像愉悦了些。我欢喜的跑到过道去倒脸水。心中埋藏不住这些愉快，使我一面折着被子，一面嘴里任意唱着什么歌的句子。而后坐到床沿，两腿轻轻的跳动，单衫的衣角在腿下面抖荡。我又跑出门外，看了几次那个提篮卖面包的人，我想他应该吃些点心吧，八点钟他要去教书，天寒，衣单，又空着肚子，那是不行的。

但是还不见那提着膨胀的篮子的人来到过道。

郎华作了家庭教师，大概他自己想也应该吃了。当我下楼时，他就自己在买，长形的大提篮已经摆在我们房间的门口。他仿佛一个大蝎虎样，贪婪的，为着他的食欲，从篮子里往外捉取着面包，圆形的点心和"列巴圈"，他强健的两臂，好像要把整个篮子抱到房间里才能满足。最后他付过钱，下了最大的决心，舍弃了篮子跑回房中来吃。

还不到八点钟，他就走了。九点钟刚过他就回来。下午太阳快落时，他又去一次，一个钟头又回来。他已经慌慌忙忙像是生活有了意义似的。当他回来时，他带回一个小包袱，他说那是才从当铺取出的从前他当过的两件衣裳。他很有兴致的把一件长夹袍从包袱里解出来，还有一件小毛衣。

"你穿我的夹袍，我穿毛衣。"他吩咐着。

于是两个人各自赶快穿上。他的毛衣很合适。唯有我穿着他的夹袍，两只脚使我自己看不见，手被袖口吞没去，宽大的袖口使我忽然感到我的肩膀一边挂好一个口袋，就是这样我觉得很合适，很满足。

电灯照耀着满城市的人家。钞票带在我的衣袋里，就这样两个人理直气壮的走在街上，穿过电车道，穿过扰嚷着的那条破街。

一扇破碎的玻璃门，上面封了纸片，郎华拉开它，并且回头向我说："很好的小饭馆，洋车夫和一切工人全在这里吃饭。"

我跟着进去。里面摆着三张大桌子，我有点看不惯，好几部分食客都挤在一张桌上。屋子几乎要转不来身，我想：让我坐在哪里呢？三张桌子都是满满的人。我在袖口外面捏了一下郎华的手说："一张空桌也没有，怎么吃？"

他说："在这里吃饭是随随便便的，有空就坐。"他比我自然得多，接着他把帽子挂到墙壁上。堂倌走来，用他拿在手中已经擦满油腻的布巾抹了一下桌角，同时向旁边正在吃的那个人说："借光，借光。"

就这样，郎华坐在长板凳上那个人剩下来的一头。至于我呢，堂倌把掌柜独坐的那个圆板凳搬来，占据着大桌子的一头。我们好像存在也可以，不存在也可以似的。不一会，小小的菜碟摆上来。我看到一个小圆木砧上堆着煮熟的肉，郎华跑过去，向着木砧说了一声："切半角钱的猪头肉。"

那个人把刀在围裙上，在那块脏布上抹了一下，熟练的挥动着刀在切肉。我想：他怎么知道那叫猪头肉呢？很快的我吃到猪头肉了。后来我又看见火炉上煮着一个大锅，我想要知道这锅里到底盛的是什么，然而当时我不敢，不好意思站起来满屋摆荡。

"你去看看吧。"

"那没有什么好吃的。"郎华一面去看，一面说。

正相反，锅虽然满挂着油腻，里面却是肉丸子。掌柜连忙说："来一碗吧?"

我们没有立刻回答。掌柜又连忙说："味道很好哩。"

我们怕的倒不是味道好不好，既然是肉的，一定要多花钱吧！我们面前摆了五六个小碟子，觉得菜已经够了。他看看我，我看看他。

"这么多菜，还是不要肉丸子吧。"我说。

"肉丸子还带汤。"我看他说这话，是愿意了，那么吃吧。一决心，肉丸子就端上来。

破玻璃门边，来来往往有人进出，戴破皮帽子的，穿破皮袄的，还有满身红绿的油匠，长胡子的老油匠，十二三岁尖嗓的小油匠。

脚下有点潮湿得难过了。可是门仍不住的开关，人们仍是来来往往。一个岁数大一点的妇人，抱着孩子在门外乞讨，仅仅在人们开门时她说一声："可怜可怜吧！给小孩点吃的吧！"然而她从不动手推门。后来大概她等到时间太长了，就跟着人们进来，停在门口，她还不敢把门关上，表示出她一得到什么东西很快就走的样子。忽然全屋充满了冷空气。郎华拿馒头正要给她，掌柜的摆着手："多得很，给不得。"

靠门的那个食客强关了门，已经把她赶出去了，并且说："真他妈的，冷死人，开着门还行！"

不知哪一个发了这一声："她是个老婆子，你把她推出去。若是个大姑娘，不抱住她，你也得多看她两眼。"

全屋人差不多都笑了，我却听不惯这话，我非常恼怒。

郎华为着猪头肉喝了一小壶酒，我也帮着喝。同桌的那个人只吃咸菜，喝稀饭，他结账时还不到一角钱。接着我们也结账：小菜每碟二分，五碟小菜，半角钱猪头肉，半角钱烧酒，丸子汤八分，外加八个大馒头。

走出饭馆，使人吃惊，冷空气立刻裹紧全身，高空闪烁着繁星。我们奔向有电车经过叮叮响的那条街口。

"吃饱没有？"他问。

"饱了。"我答。

经过街口卖零食的小亭子，我还买了两块纸包糖，我一块，他一块，一面上楼，一面吮着糖的滋味。

"你真像个大口袋。"他吃饱了以后才向我说。

同时我打量着他，也非常不像样。在楼下大镜子前面两个人照了好久。他的帽子仅仅扣住前额，后脑勺被忘记似的，离得帽子老远老远的独立着。很大的头，顶个小卷沿帽，最不相宜的就是这个小卷沿帽，在头顶上看起来十分不牢固，好像乌鸦落在房顶，有随时飞走的可能。不配称的，别人送给他的那身学生服短而且宽。

走进房间，像两个大孩子似的，互相比着舌头，他吃的是红色的糖块，所以是红舌头，我是绿舌头。比完舌头之后，他忧愁起来，指甲在桌面上不住的敲响。

"你看，我当家庭教师有多么不带劲！来来往往冻得和个小叫花子似的。"

当他说话时，在桌上敲着的那只手的袖口已是破了，拖着线条。我想破了倒不要紧，可是冷怎么受呢？

长久的时间静默着，灯光照在两人脸上也不跳动一下，我说要给他缝缝袖口，明天要买针线。说到袖口，他惊觉一般看一下袖口，脸上立刻浮现着幻想，并且嘴唇微微张开，不自然似的，又不说什么。

关了灯，月光照在窗外，反映得全室微白。两人扯着一张被子，头下破书当做枕头。隔壁手风琴又咿咿呀呀的在诉说生之苦乐。乐器伴着他，他慢慢打开他幽禁的心灵了：

"敏子……这是敏子姑娘给我缝的。可是过去了，过去了就没有什么意义。我对你说过，那时候我疯狂了。直到最末一次信来，才算结束，结束就是说从那时起她不再给我来信了。这样意外的，相信也不能相信的事情，弄得我昏迷了许多日子……以前许多信都是写着爱我……甚至于说非爱我不可，最末一次信却骂起我来，直到现在我还不相信，可是事实是那样……"

他起来去拿毛衣给我看："你看这桃色的线……是她缝的……敏子缝的……"

又灭了灯，隔壁的手风琴仍不停止。在说话里边他叫那个名字"敏子，敏子"。都是喉头发着水声。

"很好看的，小眼眉很黑……嘴唇很……很红啊！"说到恰好的时候，在被子里边他紧紧捏了我一下手。我想：我又不是她。

"嘴唇通红通红……啊……"他仍说下去。

马蹄打在街石上一朵朵的响声。每个院落在想象中也都睡去。

册　子

永远不安定下来的洋烛的火光使眼睛痛了。抄写，抄写……

"几千字了?"

"才三千多。"

"手不疼吗? 休息休息吧，别弄坏了眼睛。"郎华打着伸欠到床边，两只手相交着依在头后，背脊靠着铁床的钢骨。我还没停下来，笔尖在纸上作出响声……

纱窗外阵阵起着狗叫，很响的皮鞋，人们的脚步从大门道来近。不自禁的恐怖落在我的心上。

"谁来了，你出去看看。"

郎华开了门，李和陈成进来。他们是剧团的同志，带来的一定是剧本。我没接过来看，让他们随便坐在床边。

"吟真忙，又在写什么?"

"没有写，抄一点什么。"我又拿起笔来抄。

他们的谈话我一句半句的听到一点，我的神经开始不能统一，时时写出错字来，或是丢掉字，或是写重字。

蚊虫啄着我的脚面，后来在灯下作着阵，我才放下不写。

呵呀呀，蚊虫满屋了! 门扇仍大开着。一个小狗崽溜走进来，又卷着尾巴跑出去。关起门来，蚊虫仍是飞……我用手搔着作痒的耳边，搔着腿和脚……手指的骨节搔得肿胀起来，这些中了蚊毒的地方，使我已经发酸的手腕不得不停下。我的嘴唇肿得很高，眼边也感到发热和紧涨。这里搔搔，那里搔搔，我的手感到不够用了。

"册子怎么样啦?"李的烟卷在嘴上冒烟。

"只剩这一篇。"郎华回答。

"封面是什么样子?"

"就是等着封面呢……"

第二天我也跟着跑到印刷局去，使我特别高兴，折得很整齐的一帖一帖的都是要完成的册子，比儿时母亲为我制一件新衣裳更觉欢喜。……我又到排铅字的工人旁边，他手下按住的正是一个题目，很大的铅字，方的，带来无限的感情，那正是我的那篇《夜风》。

那天预先吃了一顿外国包子，郎华说他为着册子来敬祝我，所以到柜台前叫那人倒了两小杯"哦特克"酒，我说这是为着册子敬祝他。

被大欢喜追逐着，我们变成小孩子了！走进公园，在大树下乘了一刻凉，觉得公园是满足的地方。望着树梢顶边的天。外国孩子们在地面弄着沙土。因为还是上午，游园的人不多，日本女人撑着伞走。卖"冰淇凌"①的小板房里洗刷着杯子。我忽然觉得渴了，但那一排排的，透明的汽水瓶子，并不引诱我们。我还没有养成那样的习惯，在公园还没喝过一次那样东西。

"我们回家去喝水吧。"只有回家去喝冷水，家里的冷水才不要钱。

拉开第一扇门，大草帽被震落下来。喝完了水，我提议戴上大草帽到江边走走。

赤着脚，郎华穿的是短裤，我穿的是小短裙子，向江边出发了。

两个人渔翁似的，时时在沿街玻璃窗上反映着。

"划小船吧，多么好的天气！"到了江边我又提议。

---

① 冰淇凌，通译冰激凌。——本书脚注均为编者注

"就剩两角钱……但也可以划，都花了吧！"

择一个船底铺着青草的有两副桨的船。和船夫说明，一点钟一角五分。并没打算洗澡，连洗澡的衣裳也没有穿。船夫给推开了船，我们向江心去了。两副桨翻着，顺水下流，好像江岸在退走。我们不是故意去寻，任意遇到了一个沙洲，有两方丈的沙滩突出江心，郎华勇敢地先跳上沙滩，我胆怯，迟疑着，怕沙洲会沉下江底。

最后洗澡了，就在沙洲上脱掉衣服。郎华是完全脱的。我看了看江沿洗衣人的面孔是辨不出的，那么我借了船身的遮掩才爬下水底把衣服脱掉。我时时靠近沙滩，怕水流把我带走。江浪击撞着船底，我拉住船板，头在水上，身子在水里，水光，天光，离开了人间一般地。当我躺在沙滩晒太阳时，从北面来了一只小划船。我慌张起来，穿衣裳已经来不及，怎么好呢？爬下水去吧！船走过，我又爬上来。

我穿好衣服。郎华还没穿好。他找他的衬衫，他说他的衬衫洗完了就挂在船板上，结果找不到。远处有白色的东西浮着，他想一定是他的衬衫了。划船去追白色的东西，那白东西走得很慢，那是一条鱼，死掉的白色的鱼。

虽然丢了衬衫并不感到可惜，郎华赤着膀子大嚷大笑的把鱼捉上来，大概他觉得在江上能够捉到鱼是一件很有本领的事。

"晚饭就吃这条鱼，你给煎煎它。"

"死鱼不能吃的，大概臭了。"

他赶快把鱼腮掀给我看："你看，你看，这样红就会臭的?"

直到上岸，他才静下去。

"我怎么办呢！光着膀子，在中央大街上可怎样走?"他完全静下去了，大概这时候忘了他的鱼。

我跑到家去拿了衣裳回来，满头流着汗，可是他在江沿和码头夫们在一起喝茶了。在那个伞样的布棚下吹着江风。他第一句和我说的话想来是："你热吧?"

但他不是问我，他先问鱼："你把鱼放在哪里啦？用凉水泡上没有?"

"五分钱给我!"我要买醋，煎鱼要用醋的。

"一个铜板也没剩，我喝了茶，你不知道?"

被大欢喜追逐着的两个人把所有的钱用掉，把衬衣丢到大江，换得一条死鱼。

等到吃鱼的时候郎华又说："为着册子我请你吃鱼。"

这是我们创作的一个阶段，最前的一个阶段，册子就是划分这个阶段的东西。

八月十四日，家家准备着过节的那天。我们到印刷局去，自己开始装订，装订了一整天。郎华用拳头打着背，我也感到背痛。

于是郎华跑出去叫来一部斗车，一百本册子提上车去，就在夕阳中马脖子上颠动着很响的铃子走在回家的道上。

家里，地板上摆着册子，朋友们手里拿着册子，谈论也是册子。同时关于册子出了谣言：没收啦！日本宪兵队要逮捕啦！

逮捕可没有逮捕，没收是真的。送到书店去的书，没有几天就被禁止发卖。

黑列巴和白盐

玻璃窗子又慢慢结起霜来，不管人和狗经过窗前都辨不清楚。

"我们不是新婚吗？"他这话说得很响，他唇下的开水杯起一个小圆波浪。他放下杯子，在黑面包上涂一点白盐送下喉去。大概是面包已不在喉中，他又说："这不是正在度蜜月吗！"

"对的，对的。"我笑了。

他连忙又取一片黑面包涂上一点白盐，他学着电影上那样度蜜月，把涂盐的列巴先送上我的嘴，我咬了一下，而后他才去吃。一定盐太多了，舌尖感到不愉快，他连忙去喝水：

"不行不行，再这样度蜜月把人咸死了。"

盐毕竟不是奶油，带给人的感觉一点也不甜，一点也不香。我坐在旁边笑。

光线完全不能透进屋来，四面是墙，窗子已经无用，封闭了的洞门似的，与外界绝对隔离开。天天就生活在这里边。素食，有时候不食，好像传说上要成仙的人在这地方苦修苦练。很有成绩，修练得倒是不错了，脸也黄了，骨头也瘦了。我的眼睛越来越扩大，他的颊骨和木块一样突在腮边，这些工夫都做到，只是还没成仙。

"借钱"，"借钱"，郎华每日出去"借钱"，他借回来的钱总是很少，三角，五角，借到一元都是很稀有的事。

黑列巴和白盐许多日子成了我们唯一的生命线。

他的上唇挂霜了

　　他夜夜出去在寒月的清光下。他到五里路远一条僻静的街上去教两个人读中学国文课本。这是新找到的职业，不能说是职业，只能说新找到十五元钱。

　　秃着耳朵，夹外套的领子还不能遮住下巴，就这样夜夜出去，一夜比一夜冷了！听得见人们踏着雪地的响声也更大。他带着雪花回来，裤子下口全是白色，鞋也被雪浸了一半。

　　"又下雪吗？"

　　他一直没有回答，好像是同我生气。把袜子脱下来，雪积满他的袜口，我拿他的袜子在门扇上打着，只有一小部分雪星是震落下来，袜子的大部分全是潮湿了的。等我在火炉上烘袜子的时候，一种很难忍的气味满屋散布着。

"明天早晨晚些吃饭，南岗有一个要学武术的。等我回来吃。"他说这话完全没有声色，把声音弄得很低很低……或者他想要严肃一点，也或者他把这事故意看做平凡的事。总之我不能猜到了！

他赤了脚。穿上"傻鞋"去到对门上武术课。

"你等一等，袜子就要烘干的。"

"我不穿。"

"怎么不穿，汪家有小姐的。"

"有小姐管什么？"

"不是不好看吗！"

"什么好看不好看！"他光着脚去，也不怕小姐们看，汪家有两个很漂亮的小姐。

他很忙，早晨起来就跑到南岗去，吃过饭又要给他的小徒弟上国文课。一切完了又要跑出去借钱。晚饭后又是教武术，又是去教中学课本。

夜间他睡觉醒也不醒转来，我感到非常孤独了！白昼使我对着一些家具默坐，我虽生着嘴也不能言语，我虽生着腿也不能走动，我虽生着手而也没有什么做，和一个废人一般，有多么寂寞！连视线都被墙壁截止住，连看一看窗前的麻雀也不能够，什么也不能够，玻璃生满厚的和绒毛一般地霜雪。这就是"家"，没有阳光，没有暖，没有声，没有色，寂寞的家，穷的家，不生毛草荒凉的广场。

我站在小过道窗口等郎华，我的肚子很饿。

铁门扇响了一下，我的神经便要震荡一下，铁门响了无数次，来来往往都是和我无关的人。汪林她很大的皮领子和她很响的高跟鞋相配称，她摇摇晃晃，满满足足，她的肚子想来很饱很饱，向我笑了笑，滑稽的样子用手指点我一下：

"啊！又在等你的郎华……"她快走到门前的木阶，还说着："他出去，你天天等他，真是怪好的一对!"

她的声音在冷空气里来得很脆，也许是少女们特有的喉咙，对于她，我立刻把她忘记，也许原来就没把她看见，没把她听见，假若我是个男人，怕是也只有这样。肚子响叫起来。

汪家厨房传出来炒酱的气味，隔得很远我也会嗅到，他家吃炸酱面吧！炒酱的铁勺子一响都像说：炸酱面炸酱面……

在过道站着，脚冻得很痛，鼻子流着鼻涕。我回到屋里，关好二层门，不知是想什么，默坐了好久。

汪林的二姐到冷屋去取食物，我去倒脏水遇见她，平日不很说话，很生疏，今天她却说：

"没去看电影吗？这个片子不错，胡蝶主演。"她蓝色的大耳环永远吊荡着不能停止。

"没去看。"我的夹袍子冷透骨了！

"这个片很好，煞尾是结了婚，看这片子的人都猜想，假若再演下去，那是怎么度着美满的……"

她热心的来到门缝边，在门缝我也看到她大长的耳环在摆动。

"进来玩玩吧！"

"不进去，要吃饭啦！"

郎华回来了，他的上唇挂霜了！汪二小姐走得很远时，她的耳环和她的话声仍震荡着："和你度蜜月的人回来啦，他来了。"

好寂寞的，好荒凉的家呀！他从口袋取出烧饼来给我吃。他又走了，说有一家招请电影广告员，他要去试试。

"什么时候回来？什么时候回来？"我追赶到门外问他，好像很久捉不到的鸟儿，捉到又飞了！失望和寂寞，虽然吃着烧饼也好像饿倒下来。

小姐们的耳环对比着郎华的上唇挂着的霜。对门居着，他家的女儿看电影，戴耳环；我家呢？我家……

一九三五年

致萧军（1936年11月19日）

均：

因为夜里发烧，一个月来，就是嘴唇，这一块那一块的破着，精神也烦躁得很，所以一直把工作停了下来。想了些无用的和辽远的想头。文章一时寄不去。

买了三张画，东墙上一张南墙上一张北墙上一张，一张是一男一女在长廊上相会，廊口处站着一个弹琴的女人。还有一张是关于战争的，在一个破屋子里把花瓶打碎了，因为喝了酒，军人穿着绿裤子就跳舞。我最喜欢的是第三张，一个小孩睡在檐下了，在椅子上，靠着软枕。旁边来了的，大概是她的母亲，在栅栏外肩着大镰刀的大概是她的父亲。那檐下方块石头的廊道，那远处微红的晚天，那茅草的屋檐，檐下开着的格窗，那孩子双双的垂着的两条小腿。真是好，不瞒你说，因为看到了那女孩好像看到了我自己似的，我小的时候就是那样，所以我很爱她。

投主称王，这是要费一些心思的，但也不必太费，反正自己最重要的是工作，为大体着想，也是工作。聚合能工作一方面的，有个团体，力量可能充足，我想主要的特色是在人上，自己来罢，投什么主，谁配作主？去他妈的。说到这里，不能不伤心，我们的老将去了还不几天啊！

关于周先生的全集，能不能很快的集起来呢？我想中国人集中国人的文章总比日本集他的方便，这里，在十一月里他的全集就要出版，这真可佩服。我想找胡、聂、黄等诸人，立刻就商量起来。

《商市街》被人家喜欢，也很感谢。

莉有信来，孩子死了，那孩子的命不大好，活着尽生病。

这里没有书看，有时候自己很生气。看看《水浒》吧！看着看着就睡着了，夜半里的头痛和恶梦对于我是非常坏。前夜就是那样醒来的，而不敢再睡了。

我的那瓶红色酒，到现在还是多半瓶，前天我偶然借了房东的锅子烧了点菜，就在火盆上烧的（对了，我还没告诉你，我已经买了火盆，前天是星期日，我来试试）。小桌子，摆好了，但吃起来不是滋味，于是反受了感触，我虽不是什么多情的人，但也有些感触，于是把房东的孩子唤来，对面吃了。

地震，真是骇人，小的没有什么，上次震得可不小，两三分钟，房子格格的响着，表在墙上摇着。天还未明，我开了灯，也被震灭了，我懵里懵懂的穿着短衣裳跑下楼去，房东也起来了，他们好像要逃的样子，隔壁的老太婆叫唤着我，开着门，人却没有应声，等她看到我是在楼下，大家大笑了一场。

纸烟向来不抽了，可是近几天忽然又挂在嘴上。

胃很好，很能吃，就好像我们在顶穷的时候那样，就连块面包皮也是喜欢的，点心之类，不敢买，买了就放不下。也许因为日本饭没有油水的关系，早饭一毛钱，晚饭两毛钱，中午两片面包一瓶牛奶。越能吃，我越节制着它，我想胃病好了也就是这原因。但是闲饥难忍，这是不错的。但就把自己布置到这里了，精神上的不能忍也忍了下去，何况这一个饥呢？

又收到了五十元的汇票，不少了。你的费用也不小，再有钱就留下你用吧，明年一月末，照预算是够了的。

前些日子，总梦想着今冬要去滑冰，这里的别的东西都贵，只有滑冰鞋又好又便宜，旧货店门口，挂着的崭新的，简直看不出是旧货，鞋和刀子都好，十一元。还有八九元的也好。但滑冰场一点钟的门票五角。还离得很远，车钱不算，我合计一下，这干不得。我又打算随时买一点旧画，中国是没处买的，一方面留着带回国去，一方面围着火盆来看一看，消消寂寞。均：你是还没过过这样的生活，和蛹一样，自己被卷在茧里去了。希望固然有，目的也固然有，但是都那么远和那么大。人尽靠着远的和大的来生活是不行的，虽然生活是为着将来而不是为着现在。

窗上洒满着白月的当儿，我愿意关了灯，坐下来沉默一些时候，就在这沉默中，忽然像有警钟似的来到我的心上："这不就是我的黄金时代吗？此刻。"于是我摸着桌布，回身摸着藤椅的边沿，而后把手举到面前，模模糊糊的，但确认定这是自己的手，而后再看到那单细的窗棂上去。是的，自己就在日本。自由和舒适，平静和安闲，经济一点也不压迫，这真是黄金时代，但又是多么寂寞的黄金时代呀！别人的黄金时代是舒展着翅膀过的，而我的黄金时代，是在笼子过的。从此我又想到了别的，什么事来到我这里就不对了，也不是时候了。对于自己的平安，显然是有些不惯，所以又爱这平安，又怕这平安。

均：上面又写了一些怕又引起你误解的一些话，因为一向你看得我很弱。

前天我还给奇一信。这信就给她看吧！

许君处，替我问候。

吟

十一月十九日

致萧军（1937年5月4日）

军：

昨天又寄一信，我总觉我的信都寄得那么慢，不然为什么已经这些天了还没能知道一点你的消息？其实是我个人性急而不推想一下邮便所必须费去的日子。

连这封信，是第四封了。我想那时候我真是为别离所慌乱了，不然为什么写错了一个号数？就连昨天寄的这信，也写的是那个错的号数，不知可能不丢么？

我虽写信并不写什么痛苦的字眼，说话也尽是欢快的话语，但我的心就像被浸在毒汁里那么黑暗，浸得久了，或者我的心会被淹死的，我知道这是不对，我时时在批判着自己，但这是情感，我批判不了。我知道炎暑是并不长久的，过了炎暑大概就可以来了秋凉。但明明是知道，明明又做不到。正在口渴的那一刻，觉得口渴那个真理，就是世界上顶高的真理。

既然那样我看你还是搬个家的好。

关于珂，我主张既然能够去江西，还是去江西的好，我们的生活还没有一定，他也跟着跑来跑去，还不如让他去安定一个时期，或者上冬，我们有一定了，再让他来，年青人吃点苦好，总比有苦留着后来吃强。

昨天我又去找周家一次，这次是宣武门外的那个桥，达智桥，二十五号也找到了，巧得很，也是个粮米店，并没有任何住户。

这几天我又恢复了夜里害怕的毛病，并且在梦中常常生起死的那个观念。

痛苦的人生啊！服毒的人生啊！

我常常怀疑自己或者我怕是忍耐不住了吧？我的神经或者比丝线还细了吧？

我是多么替自己避免着这种想头，但还有比正在经验着的还更真切的吗？我现在就正在经验着。

我哭，我也是不能哭。不允许我哭，失掉了哭的自由了。我不知为什么把自己弄得这样，连精神都给自己上了枷锁了。

这回的心情还不比去日本的心情，什么能救了我呀！上帝！什么能救救我呀！我一定要用那只曾经把我建设起来的那只手把自己来打碎吗？

祝好！

荣子

五月四日晚

所有我们的书，若有精装，请各寄一本来。

夏夜

快乐的人们不问四季总是快乐，

哀哭的人们不问四季也总是哀哭！

夏　夜

　　汪林在院心坐了很长的时间了。小狗在她的脚下打着滚睡。

　　"你怎么样？我胳臂疼。"

　　"你要小点声说，我妈会听见。"

　　我抬头看，她的母亲在纱窗里边，于是我们转了话题。在江上摇船到"太阳岛"去洗澡这些事，她是背着她的母亲的。

　　第二天她又是去洗澡。我们三个人租一条小船在江上荡着。清凉的，水的气味。郎华和我都唱起来了。汪林的嗓子比我们更高。小船浮得飞起来一般地。

　　夜晚又是在院心乘凉，我的胳臂为着摇船而痛了，头也觉得发胀。我不能再听那一些话感到趣味。什么恋爱啦，谁的未婚夫怎样啦，某某同学结婚，跳舞……我什么也不听了，只是想睡。

"你们谈吧。我可非睡觉不可。"我向她和郎华告辞。

睡在我脚下的小狗，我误踏了它，小狗还在哽哽的叫着，我就关了门。

最热的几天，差不多天天去洗澡，所以夜夜我早早睡。郎华和汪林就留在暗夜的院宇里。

只要接近着床，我什么全忘了。汪林那红色的嘴，那少女的烦闷……夜夜我不知道郎华什么时候回屋来睡觉。就这样，我不知过了几天了。

"她对我要好，真是……少女们。"

"谁呢？"

"那你还不知道！"

"我还不知道。"我其实知道。

很穷的家庭教师，那样好看的有钱的女人竟向他要好了。

"我坦白的对她说了：我们不能够相爱的，一方面有吟，一方面我们彼此相差得太远……你沉静点吧……"他告诉我。

又要到江上去摇船。那天又多了三个人，汪林也在内。

一共是六个人：陈成和他的女人，郎华和我，汪林，还有那个编辑朋友。

停在江边的那一些小船动荡得落叶似的。我们四个跳上了一条船，当然把汪林和半胖的人丢下。他们两个就站在石堤上。本来是很生疏的，因为都是一对一对的，所以我们故意要看他们两个也配成一对。我们的船离岸很远了。

"你们坏呀！你们坏呀！"汪林仍叫着。

为什么骂我们坏呢？那人不是她一个很好的小水手吗？为她荡着桨，有什么不愿意吗？也许汪林和我的感情最好，也许她最愿意和我同船。船荡得那么远了，一切江岸上的声音都已隔绝，江沿上的人影也消灭了轮廓。

水声，浪声，郎华和陈成混合着江声在唱。远远近近的那一些女人的阳伞，这一些船，这一些幸福的船呀！满江上是幸福的船，满江上是幸福了！人间，岸上没有罪恶了罢！

再也听不到汪林的喊。他们的船是脱开，离我们很远了。

郎华故意把桨打起的水星落到我的脸上。船越行越慢，但郎华和陈成流起汗来。桨板打到江心的沙滩了，小船就要搁浅在沙滩上。这两个勇敢的大鱼似的跳下水去，在大江上挽着船行。

一入了湾，把船任意停在什么地方都可以。

我浮水是这样浮的：把头昂在水外，我也移动着，看起来像是在浮，其实手却抓着江底的泥沙，鳄鱼一样，四条腿一起爬着浮。

那只船到来时，听着汪林在叫。很快她脱了衣裳，也和我一样抓着江底在爬，但她是快乐的，爬得很有意思。

在沙滩上滚着的时候，居然很熟识了，她把伞打起来，给她同船的人遮着太阳，她保护着他。陈成扬着沙子飞向他去："陵，着镖吧！"

汪林和陵站了一队用沙子反攻。

我们的船出了湾已行在江上时，他们两个仍在沙滩上走着。

"你们先走吧，看我们谁先上岸。"汪林说。

太阳的热力在江面上开始减低，船是顺水行下去的。他们还没有来，看过多少只船，看过多少柄阳伞，然而没有汪林的阳伞。太阳西沉时，江风很大了，浪也很高，我们有点担心那只船。李说那只船是"迷船"。

四个人在岸上就等着这"迷船"，意想不到的是他们绕着弯子从上游来的。

汪林不骂我们是坏人了，风吹着她的头发，那兴奋的样子，这次摇船好像她比我们得到的快乐更大，更多……

早晨再看报时，编辑居然做诗了。大概就是这样的意思：愿意风把船吹翻，愿意和美人一起沉下江去……

　　让我这样一说，就没有诗意了。总之，可不是前几天那样的话，什么摩登女子吃"血"活着啦，小姐们的嘴是吃"血"的嘴啦……总之可不是那一套。这套比那套文雅得多，这套说摩登女子是天仙，那套说摩登女子是恶魔。

　　汪林和郎华在夜间也不那么谈话了。陵编辑一来，她就到我们屋里来，因此陵到我们家来的次数多多了。

　　"今天早点走……多玩一会，你们在街角等我。"这样的话，汪林再不向我们说了。她用不到约我们去"太阳岛"了。

　　陵伴着这吃人血的女子在街上走，在电影院里会，他也不怕她会吃他的血，还说什么怕呢，常常在那红色的嘴上接吻，正因为她的嘴和血一样红才可爱。

　　骂小姐们是恶魔是羡慕的意思，是伸手去攫取怕她逃避的意思。

　　在街上，汪林的高跟鞋，陵的亮皮鞋咯钉咯钉谐和的响着了。

十元钞票

　　在绿色的灯下，人们跳着舞，狂欢着，有的抱着椅子跳。胖朋友他也丢开风琴，从角落扭转出来，他扭到混杂的一堆人去，但并不消灭在人中，因为他胖，同时也因为他跳舞做着怪样，他十分不协调的在跳的两腿扭颤得发着疯。他故意妨害别人，最终他把别人都弄散开去，地板中央只留下一个流汗的胖子。人们怎样大笑他不管。

　　"老牛跳得好！"人们向他招呼。

　　他不听这些，他不是跳舞，他是乱跳瞎跳，他完全胡闹，他蠢得和猪和蟹子那般。

　　红灯开起来，扭扭转转的那一些绿色的人变红起来。红灯带来另一种趣味，红灯带给人们更热心的胡闹。瘦高的老桐扮了一个女相和胖朋友跳舞。女人们笑得流泪了！直不起腰了！但是胖朋友仍是一拐一拐。他的女舞伴在他的手臂中也是谐和的把头一扭一拐，扭得太丑，太愚蠢，几乎要把头扭掉，要把腰扭断，但是他还扭，好像很不要脸似的，一点也不知羞似的，那满脸的红胭脂呵！那满脸丑恶得到妙处的笑容！

第二次老桐又跑去化装，出来时，头上是包一张红布，脖子后拖着很硬的但有点颤动的棍状的东西，那是用红布扎起来的，扫帚把柄的样子生在他的脑后。又是跳舞，每跳一下脑后的小尾巴就随着颤动一下。

跳舞结束了，人们开始吃苹果，吃糖，吃茶。就是吃也没有个吃的样子！有人说：

"我能整吞一个苹果。"

"你不能，你若能整吞个苹果，我就能整吞一个活猪！"另一个说。

自然苹果也没有吞，猪也没有吞。

外面对门那家锁着的大狗，锁链子在动响，腊月开始严寒起来，狗冻得小声吼叫着。

带颜色的灯闭起来，因为没有颜色的刺激，人们暂时安定了一刻。为了过于兴奋的缘故，我感到疲乏，也许人人感到疲乏。大家都安定下来，都像复了人的本性。

小"电驴子"从马路秃秃的跑过，又是日本宪兵在巡逻吧！可是没有人害怕，人们对于日本宪兵的印象还浅。

"玩呀！乐呀！"第一个站起的人说。

"不乐白不乐，今朝有酒今朝醉……"大个子老桐也说。

胖朋友的女人拿一封信送到我的手里：

"这信你到家去看好啦！"

郎华来到我的旁边也不知道这是什么意思，我就把信放到衣袋中。

只要一走出屋门，寒风立刻刮到人们的脸，外衣的领子竖起来，显然郎华的夹外套是感到冷，但是他说："不冷。"

一同出来的人都讲着过旧年时比这更有趣味，那一些趣味早从我们跳开去，我想我有点饿，回家可吃什么？于是别的人再讲什么，我听不到了！郎华也冷了吧，他拉着我走向前面，越走越快了，使我们和那些人远远的分开。

在蜡烛旁忍着脚痛看那封信，信里边十元钞票露出来。

夜是如此静了，小狗在房后吼叫。

第二天，一些朋友来约我们到"牵牛房"去吃夜饭。果然吃得很好，这样的饱餐非常觉得不多得，有鱼，有肉，有很好滋味的汤。又是玩到半夜才回来。这次我走路时很起劲，饿了也不怕，到家有十元票子在等我。我特别充实的迈着大步，寒风不能打击我。"新城大街""中央大街"，行人很稀少了！人走在行人道好像没有挂掌的马走在冰面，很小心的，然而时时要跌倒。店铺的铁门关得紧紧，里面无光了，街灯和警察还存在，警察和垃圾箱似的失去了威权，他背上的枪提醒着他的职务，若不然我看他会依着电线柱睡着的。再走就快到"商市街"了！然而今夜我还没有走够，马迭尔旅馆门前的大时钟孤独的挂着。向北望去松花江就是这条街的尽头。

我的勇气一直到"商市街"口还没消灭，脑中，心中，脊背上，腿上，似乎各处有一张十元票子，我被十元票子鼓励得浅浮得可笑了。

是叫化子吧！起着哼声在街的那面在移动。我想他没有十元票子吧！

铁门用钥匙打开，我们走进院去，但我仍听得到叫化子的哼声……

几个欢快的日子

　　人们跳着舞，"牵牛房"那一些人们每夜跳舞。过旧年那夜，他们就在茶桌上摆起大红蜡烛，他们模仿着供财神，拜祖宗。灵秋穿起紫红绸袍，黄马褂，腰中配着黄腰带，他第一个跪到神桌前。老桐又是他那一套，穿起灵秋太太瘦小的旗袍，长短到膝盖以上，大红的脸，脑后又是用红布包起扫帚把柄样的东西，他跑到灵秋旁边，他们俩是一致的，每磕一下头，口里就自己喊一声口号：一、二、三……不倒翁样不能自主的倒下又起来。后来就在地板上烘起火来，说是过年都是烧纸的……这套把戏玩得熟了，惯了！不是过年，也每天来这一套，人们看得厌了！对于这事冷淡下来，没有人去大笑，于是又变一套把戏：捉迷藏。

客厅是个捉迷藏的地盘，四下窜走，桌子底下蹲着人，椅子倒过来扣在头上顶着跑，电灯泡碎了一个。蒙住眼睛的人受着大家的玩戏，在那昏庸的头上摸一下，在那分张的两手上打一下。有各种各样的叫声，蛤蟆叫，狗叫，猪叫，还有人在装哭。要想捉住一个很不容易，从客厅的四个门，会跑到那些小屋去，有时瞎子就摸到小屋去，从门后扯出一个来，也有时误捉了灵秋的小孩。虽然说不准向小屋跑，但总是跑。后一次瞎子摸到王女士的门扇。

"那门不好进去。"有人要告诉他。

"看着，看着，不要吵嚷！"又有人说。

全屋静下来，人们觉得有什么奇迹要发生。瞎人的手接触到门扇，他触到门上的铜环响，眼看他就要进去把王女士捉出来，每人心里都想着这个：看他怎样捉啊！

"谁呀！谁？请进来！"跟着很脆的声音开门来迎接客人了！以为她的朋友来访她。

小浪一般冲过去的笑声，使摸门的人脸上的罩布脱掉了，红了脸。王女士笑着关了门。

玩得厌了！大家就坐下来喝茶，不知从什么瞎说上又拉到正经问题上去。于是"做人"这个问题使大家都兴奋起来。

——怎样是"人"，怎样不是"人"？

"没有感情的人不是人。"

"没有勇气的人不是人。"

"冷血动物不是人。"

"残忍的人不是人。"

"有人性的人才是人。"

"……"

每个人都会规定怎样做人。有的人他要说出两种不同做人的标准。起首是坐着说，后来站起来说，有的也要跳起来说。

"人是情感的动物，没有情感就不能生出同情，没有同情那就是自私，为己……结果是互相杀害，那就不是人。"那人的眼睛张得很圆，表示他的理由充足，表示他把人的定义下得准确。

"你说的不对，什么同情不同情，就没有同情，中国人就是冷血动物，中国人就不是人。"第一个又站了起米，这个人他不常说话，偶然说一句，使人很注意。

说完了，他自己先红了脸，他是山东人，老桐学着他的山东调：

"老猛（孟），你使（是）人不使人？"

许多人爱和老孟开玩笑，因为他老实，人们说他像个大姑娘。

"浪漫诗人"，是老桐的绰号。他好喝酒，让他做诗不用笔就能一套连着一套，连想也不用想一下。他看到什么就给什么做个诗；朋友来了他也做诗：

"梆梆梆，敲门响，呀！何人来了?"

总之，就是猫和狗打架，你若问他，他也有诗，他不喜欢谈论什么人啦！社会啦！他躲开正在为了"人"而吵叫的茶桌，摸到一本唐诗在读：

"——昨日之……日不可留……今日之日……多……烦……忧"，读得有腔有调，他用意就在打搅吵叫的一群。郎华正在高叫着：

"不剥削人，不被人剥削的就是人。"

老桐读诗也感到无味。

"走！走啊！我们喝酒去。"

他看一看只有灵秋同意他，所以他又说：

"走，走，喝酒去。我请客……"

客也请完了！差不多都是醉着回来。郎华反反复复的唱着半段歌，是维特别离绿蒂的故事，人人喜欢听，也学着唱。

听到哭声了！正像绿蒂一般年轻的姑娘被歌声引动着，哪能不哭？是谁哭？就是王女士。单身的男人在客厅中也被引动了，倒不是被歌声引动，而是被少女的明脆而好听的哭声所引动，非在地心不住的打着转。尤其是老桐，他贪婪的耳朵几乎竖起来，脖子一定更长了一点，他到门边去听……他故意说：

"哭什么？真没意思！"

其实老桐感到很有意思，所以他听了又听，说了又说："没意思。"

不到几天老桐和那女士恋爱了！那女士也和大家熟识了！也到客厅来和大家一道跳舞。从那时起老桐的胡闹也是高等的胡闹了！

在王女士面前他耻于再把红布包在头上，当灵秋叫他去跳滑稽舞的时候，他说：

"我不跳啦！"一点兴致也不表示。

等王女士从箱子里把粉红色的面纱取出来：

"谁来当小姑娘，我给他化妆。"

"我来，我……我来……"老桐他怎能像个小姑娘？他像个长颈鹿似的跑过去。

他自己觉得很好的样子，虽然是胡闹，也总算是高等的胡闹。头上顶着面纱，规规矩矩地，平平静静的在地板上动着步。但给人的感觉无异于他脑后的颤动着红扫帚柄的感觉。

别的单身汉，就开始羡慕幸福的老桐。可是老桐的幸福还没十分摸到，那女士已经和别人恋爱了！

所以"浪漫诗人"就开始做诗。正是这时候他失一次盗，丢掉他的毛毯，所以他就做诗"哭毛毯"。哭毛毯的诗做得很多，过几天来一套，过几天来一套。朋友们看到他就问：

"你的毛毯哭得怎样了？"

春意挂上了树梢

三月，花还没有开，人们嗅不到花香，只是马路上融化了积雪的泥泞干起来。天空打起朦胧的多有春意的云彩；暖风和轻纱一般浮动在街道上，院宇里。春末了，关外的人们才知道春来。春是来了，街头的白杨树穿着芽，拖马车的马冒着气，马车夫们的大毡靴也不见了，行人道上外国女人的脚又从长筒套鞋里显现出来。笑声，见面打招呼声，又复活在行人道上。商店为着快快的传播春天的感觉，饰窗里的花已经开了，草也绿了，那是布置着公园的夏景。我看得很凝神的时候有人撞了我一下，是汪林，她也戴着那样小沿的帽子。

"天真暖啦！走路都有点热。"

看着她转过"商市街"，我们才来到另一家店铺，并不是买什么，只是看看，同时晒晒太阳。这样好的行人道，有树，也有椅子，坐在椅子上把眼睛闭起，一切春的梦，春的谜，春的暖力……这一切把自己完全陷进去。

听着，听着吧！春在歌唱……

"大爷大奶奶……帮帮吧……"这是什么歌呢，从背后来的？这不是春天的歌吧！

那个叫化子嘴里吃着个烂梨，一条腿和一只脚肿得把另一只显得好像不存在似的。

"我的腿冻坏啦！大爷帮帮吧！唉唉……！"

有谁还记得冬天？阳光这样暖了！街树穿着芽！

手风琴在隔道唱起来，这也不是春天的调子，只要一看到那个瞎人为着拉琴而扭歪的头，就觉得很残忍。瞎人他摸不到春天，他没有眼睛。坏了腿的人，他走不到春天，他有腿也等于无腿。世界上这一些不幸的人存在着也等于不存在，倒不如赶早把他们消灭掉，免得在春天他们会唱这样难听的歌。

汪林在院心吸着一支烟卷，她又换一套衣裳。那是淡绿色的，和树枝发出的芽一样的颜色。她腋下夹着一封信，看见我们赶忙把信送进衣袋去。

"大概又是情书吧！"郎华随便说着玩笑话。

她跑进屋去了。香烟的烟缕在门外打了一下旋卷才消灭。

夜，春夜，中央大街充满了音乐的夜。流浪人的音乐，日本舞场的音乐，外国饭店的音乐……

七点钟以后。中央大街的中段。在一条横口。那个很响的播音机哇哇的叫起来，这歌声差不多响彻全街。若站在商店的玻璃窗前，会疑心是从玻璃发着震响。一条完全在风雪里寂寞的大街，今天第一次又号叫起来。

外国人！绅士样的，流氓样的，老婆子，少女们，跑了满街……有的连起人排来封闭住商店的窗子，但这只限于年青人。也有的同唱机一样唱起来，但这也只限于年青人。这好像特有的年青人的集会。他们和姑娘们一道说笑，和姑娘们连起排来走。中国人来混在这些卷发人中间少得只有七分之一，或八分之一。但是汪林在其中，我们又遇到她。她和另一个，也和她同样打扮漂亮的，白脸的女人同走……卷发的人用俄国话说她漂亮。她也用俄国话和他们笑了一阵。

中央大街的南端，人渐渐稀疏了。

墙根，转角，都发现着哀哭，老头子，孩子，母亲们……哀哭着的是永久被人间遗弃的人们！

那边，还望得见那边快乐的人群。还听得见那边快乐的声音。

三月。花还没有开，人们嗅不到花香。

夜的街，树枝上嫩绿的芽子看不见，是冬天吧？是秋天吧？但快乐的人们不问四季总是快乐，哀哭的人们不问四季也总是哀哭！

索菲亚的愁苦

侨居在哈尔滨的俄国人那样多。从前他们骂着："穷党，穷党。"

连中国人开着的小酒店或是小食品店都怕穷党进去。谁都知道穷党喝了酒常常付不出钱来。

可是现在那骂着"穷党"的，他们做了"穷党"了：马车夫，街上的浮浪人，叫化子，至于那大胡子的老磨刀匠，至于那去过欧战的独腿人。那拉手风琴在乞讨铜板的，人们叫他街头音乐家的独眼人。

索菲亚的父亲就是马车夫。

索菲亚是我的俄文教师。

她走路走得很漂亮，像跳舞一样。可是她跳舞跳得怎样呢？那我不知道，因为我还不懂得跳舞。但是我看她转着那样圆的圈子，我喜欢她。

没多久，熟识了之后，我们是常常跳舞的。

"再教我一个新步法！这个，你看我会了。"

桌上的表一过十二点，我们就停止读书。我站起来，走了一点姿式给她看。

"这样可以吗？左边转，右边转，都可以。"

"怎么不可以！"她的中国话讲得比我们初识的时候更好了。

为着一种情感，我从不以为她是一个"穷党"，几乎连那种观念也没有存在。

她唱歌唱得也很好，她又教我唱歌。有一天，她的手指甲染得很红的来了。还没开始读书，我就对她的手很感到趣味，因为没有看到她装饰过。她从不涂过粉，嘴唇也是本来的颜色。

"嗯哼，好看的指甲啊！"我笑着。

"呵！坏的，不好的，涅克拉西为。"可是她没有笑，她一半说着俄国话。"涅克拉西为"是不美的难看的意思。

我问她："为什么难看呢？"

"读书，读书，十一点钟了。"她没有回答我。

后来我们再熟识的时候，不仅跳舞，唱歌，我们谈着服装，谈着女人：西洋女人，东洋女人，俄国女人，中国女人。有一天我们正在讲解着文法。窗子上有红光闪了一下，我招呼着：

"快看！漂亮哩！"房东的女儿穿着红缎袍子走过去。

我想，她一定要称赞一句，可是她没有：

"白吃白喝的人们！"

这样合乎文法完整的名词，我不知道为什么她能说出来？当时我只是为着这名词的构造而惊奇。至于这名词的意义好像以后才发现出来。

后来，过了很久，我们谈着思想，我们成了好友了。

"白吃白喝的人们，是什么意思呢？"我已经问过她几次了，但仍常常问她。

她的解说很有意思：

"猪一样的，吃得很好，睡得很好。什么也不做，什么也不想……"

"那么，白吃白喝的人们将来要做'穷党'了吧？"

"是的，要做'穷党'的。不，可是……"她连一丝笑纹也从脸上退走了。

不知多久，没再提到"白吃白喝"这句话。我们又回转到原来友情上的寸度：跳舞，唱歌，连女人也不再说到。我的跳舞步法也和友情一样没有增加，这样一直继续到巴

134

斯哈节①。

节前的几天，索非亚的脸色比平日更惨白些，嘴唇白得几乎和脸色一个样，我也再不要求她跳舞。

就是节前的一日，她说：

"明天过节，我不来，后天来。"

后天，她来的时候，她向我们说着她愁苦，这很意外。友情因为这个好像又增加起来。

"昨天是什么节呢？"

"巴斯哈节，为死人过的节。染红的鸡子带到坟上去，花圈带到坟上去……"

"什么人都过吗？犹太人也过巴斯哈节吗？"

"犹太人也过，'穷党'也过，不是'穷党'也过。"

到现在我想知道索非亚为什么她也是"穷党"，然而我不能问她。

"愁苦，我愁苦……妈妈又生病，要进医院，可是又请不到免费证。"

"要进哪个医院？"

"专为俄国人设的医院。"

"请免费证，还要很困难的手续吗？"

---

① 巴斯哈节，即逾越节，约在每年阳历三四月间，犹太教主要节日。

"没有什么困难的，只要不是'穷党'。"

有一天，我只吃着干面包。那天她来得很早，差不多九点半钟她就来了。

"营养不好，人是瘦的，黑的，工作得少，工作得不好。慢慢健康就没有了。"

我说："不是，只喜欢空吃面包，而不喜欢吃什么菜。"

她笑了："不是喜欢，我知道为什么。昨天我也是去做客，妹妹也是去做客。爸爸的马车没有赚到钱，爸爸的马也是去做客。"

我笑她："马怎么也会去做客呢？"

"会的，马到它的朋友家里去，就和它的朋友站在一道吃草。"

俄文读得一年了！索非亚家的大牛生了小牛，她也是向我说的，并且当我到她家里去做客，若当老羊生了小羊的时候，我总是要吃羊奶的。并且在她家里我还看到那还不很会走路的小羊。

"吉卜西人①是'穷党'吗？怎么中国人也叫他们'穷党'呢？"这样话，好像在友情最高的时候更不能问她。

"吉卜西人也会讲俄国话的，我在街上听到过。"

_____

① 吉卜西人，通译吉卜赛人，亦称罗姆人。

"会的，犹太人也多半会俄国话！"索非亚的眉毛动弹了一下。

"在街上拉手风琴的，一个眼睛的人，他也是俄国人吗？"

"是俄国人。"

"他为什么不回国呢？"

"回国！那你说我们为什么不回国！"她的眉毛好像在黎明时候静止着的树叶，一点也没有摇摆。

"我不知道。"我实在是慌乱了一刻。

"那么犹太人回什么国呢？"

我说："我不知道。"

春天柳条抽着芽子的时候，常常是阴雨的天气，就在雨丝里一种沉闷的鼓声来在窗外了：

"咚咚，咚咚！"

"犹太人，他就是父亲的朋友，去年巴斯哈节他是在我们家里过的。他世界大战的时候去打过仗。"

"咚咚，咚咚，瓦夏！瓦夏！"

我一面听着鼓声，一面听到喊着瓦夏，索非亚的解说在我感不到力量和微弱。

"为什么他喊着瓦夏？"我问。

"瓦夏是他的伙伴，你也会认识他……是的，就是你说的中央大街上拉手风琴的人。"

那犹太人的鼓声并不响了，但仍喊着瓦夏，那一双肩头一起耸起又一起落下，他的腿是一只长腿一只短腿。那只短腿使人看了会并不相信是存在的，那是从腹部以下就完全失去了，和丢掉一只腿的蛤蟆一样畸形。

他经过我们的窗口，他笑笑。

"瓦夏走得快哪！追不上他了。"这是索非亚给我翻译的。

等我们再开始讲话，索非亚她走到屋角长青树的旁边：

"屋子太没趣了，找不到灵魂，一点生命也感不到的活着啊！冬天屋子冷，这树也黄了。"

我们的谈话，一直继续到天黑。

索非亚述说着在落雪的一天，她跌了跤，从前安得来夫①将军的儿子在路上骂她"穷党"。

"……你说，那猪一样的东西，我该骂他什么呢？——骂谁'穷党'！你爸爸的骨头都被'穷党'的煤油烧掉了——他立刻躲开我，他什么话也没有再回答。'穷党'，吉卜西人也是'穷党'，犹太人也是'穷党'。现在真真的'穷党'还不是这些人，那些沙皇的子孙们，那些流氓们才

---

① 安得来夫，通译安德烈士。

是真真的'穷党'。"

索非亚的情感约束着我，我忘记了已经是应该告别的
时候。

"去年的巴斯哈节，爸爸喝多了酒，他伤心……他给我
们跳舞，唱高加索歌……我想他唱的一定不是什么歌曲，
那是他想他家乡的心的嚎叫，他的声音大得厉害哩！我的
妹妹米娜问他：'爸爸唱的是哪里的歌？'他接着就唱起
'家乡''家乡'来了，他唱着许多家乡。可是我和米娜一
点也不知道'家乡'，我们生在中国地方，高加索，我们对
它一点什么也不知道。妈妈也许是伤心的，她哭了！犹太
人哭了——拉手风琴的人，他哭的时候把吉卜西女孩抱了
起来。也许他们都想着'家乡'。可是，吉卜西女孩不哭，
我也不哭。米娜还笑着，她举起酒瓶来跟着父亲跳高加索
舞，她一面说：'这就是火把！'爸爸说：'对的。'他还是
说高加索舞是有火把的。米娜一定是从电影上看到过火
把。……爸爸举着三弦琴。"

"爸爸坐下来，手风琴还没立刻停住。'你很高兴吗？
高加索舞很好看吗？米娜，你还没有看到过真正的高加索
舞，你不是高加索的孩子！'爸爸问着她。"

索非亚忽然变了一种声音：

"不知道吧！为什么我们做'穷党'？因为是高加索人。

哈尔滨的高加索人还不多，可是没有生活好的。从前是'穷党'，现在还是'穷党'。爸爸在高加索的时候种田，来到中国也是种田。现在他赶马车，他是一九一二年和妈妈跑到中国来。爸爸总是说：'那里也是一样，干活计就吃饭。'这话到现在他是不说的了……"

她父亲的马车回来了，院子里唧唧的响着铃子。

我再去看她，那是半年以后的事。临告别的时候索非亚才从床上走下地板来。

"病好了我是回国的。工作，我不怕，人是要工作的。传说，那边工作很厉害。母亲说，还是不要回去吧！可是人们没有想想，人们以为这边比那边待他还好！"

走到门外她还说：

"'回国证'怕是难一点，不要紧，没有回国证我也是要回去的。"

她走路的样子再不像跳舞了，迟缓与艰难。

过了一个星期，我又去看她，我是带着糖果。

"索非亚是进了病院的。"她的母亲说。

"病院在什么地方？"

她的母亲说的完全是俄语，那些俄文的街名无论怎样是我所不懂的。

"可以吗？我去看看她？"

“可以，星期日可以，平常不可以。”

“医生说她是什么病?”

“肺病，很轻的肺病，没有什么要紧。回国证她是得不到的，‘穷党’回国是难的。”

我把糖果放下就走了。这次送我出来的不是索非亚，而是她的母亲。

给流亡同地的东北同胞书

对于流血这件事我是憎恶的。

天空的点缀

　　用了我有点苍白的手，卷起窗纱来，在那灰色的云的后面，我看不到我所要看的东西（这东西是常常见的，但它们真的载着炮弹飞起来的时候，这在我还是生疏的事情，也还是想像着的事情）。正在我踌躇的时候，我看见了：那飞机的翅子好像不是和平常的飞机的翅子一样——它们有大的也有小的——好像还带着轮子，飞得很慢，只在云彩的缝际出现了一下，好像云彩又赶上来把它遮没了。不，那不是一只，那是两只，以后又来了几只。它们都是银白色的，并且又都叫着呜呜的声音，它们每个都在叫着吗？这个，我分不清楚。或者它们每个在叫着的节拍像唱歌似的是有一定的调子，也或者那在云幕当中撒下来的声音就是一片。好像在夜里听着海涛的声音似的，那就是一片了。

过去了！过去了！心也有点平静下来。午饭时用过的家具，我要去洗一洗。刚一经过游廊，又被我看见了，又是两只。这次是在南边，前面一个，后面一个，银白色的，远看有点发黑，于是我听到了我的邻家在说：

"这是去轰炸虹桥飞机场。"

我只知道这是下午两点钟，从昨夜就开始的这战争。至于飞机我就不能够分别了，日本的呢，还是中国的呢？大概是日本的吧！因为是从北边来的，到南边去的，战地是在北边，中国虹桥飞机场是在南边。

我想日本去轰炸虹桥飞机场是真的，于是我又起了很多想头：是日本打胜了吧！所以安闲的去炸中国的后方，是……一定是，那么这是很坏的事情，他们没有止境的屠杀，一定要像大风里的火焰似的那么没有止境……

很快我批驳了我自己的这念头，很快我就被我这没有把握的不正确的热望压倒了：是中国，一定是中国占着一点胜利，日本受了点挫伤。假若是日本占着优势，他一定冲过了中国的阵地而追上去，哪里有工夫用飞机来这边扩大战线呢？

风很大，在游廊上，我拿在手里的家具，感到了点沉重而动摇，一个小白铅锅的盖子，拍啦拍啦的掉下来了，并且在游廊上拍啦拍啦的跑着，我追住了它，就带着它到厨房去了。

至于飞机上的炮弹，落了还是没落呢？我看不见，而且我也听不见，因为东北方面和西北方面炮弹都在开裂着。甚至那炮弹真正从哪方面出发，因着回音的关系，我也说不定了。

但那飞机的奇怪的翅子，我是看见了的，我是含着眼泪而看着它们，不，我若真的含着眼泪而看着它们，那就相同遇到了魔鬼而想教导魔鬼那般没有道理。

但在我的窗口，飞着，飞着，飞去又来了的，飞得那么高，好像有一分钟那飞机也没离开我的窗口。因着灰色的云层的掠过，真切了，朦胧了，消失了，又出现了，一个来了，一个又来了。看着这些东西，实在的，我的胸口有些疼痛。

一个钟头看着这样我从来没有看过的天空，看得疲乏了。于是，我看着桌上的台灯，台灯的绿色的伞罩上还画着菊花，又看到了箱子上散乱的衣裳，平日弹着的六条弦的大琴，依旧是站在墙角上。一样，什么都是和平常一样，只有窗外的云，和平日有点不一样，还有桌上的短刀和平日有点不一样，紫檀色的刀柄上镶着两块黄铜，而且还装在红牛皮色的套子里。对于它，我看了又看，我相信我自己决不是拿着这短刀而赴前线。

一九三七年八月十四日

火线外 (二章)

窗　边

　　M站在窗口，他的白色的裤带上的环子发着一点小亮，而他前额上的头发和脸就压在窗框上，就这样，很久很久地。同时那机关枪的声音似乎紧急了，一排一排的暴发，一阵一阵地裂散着，好像听到了在大火中坍下来的家屋。"这是哪方面的机关枪呢？""这枪一开……在电影上我看见过，人就一排一排的倒下去……""这不是吗……炮也响了……"我在地上走着，就这样散散杂杂地问着M，而他回答我的却很少：

　　"这大概是日本方面的机关枪，因为今夜他们的援军必要上岸，也许这是在抢岸……也许……"

他说第二个"也许"的时候，我明白了这"也许"一定他是又复现了他曾作过军人的经验。

于是那在街上我所看到的伤兵，又完全遮没了我的视线；他们在搬运货物的汽车上，汽车的四周是插着绿草，车在跑着的时候，那红十字旗在车厢上火苗似地跳动着。那车沿着金神父路向南去了。远处有一个白色的救急车厢上画着一个很大的红十字，就在那地方，那飘蓬着的伤兵车停下，行路的人是跟着拥了去。那车子只停了一下，又倒退着回来了。退到最接近的路口，向着一个与金神父路交叉着的街开去，这条街就是莫利哀路。这时候我也正来到了莫利哀路，在行人道上走着。那插着草的载重车，就停在我的前面，那是一个医院，门前挂着红十字的牌匾。

两个穿着黑色云纱大衫的女子跳下车来。她们一定是临时救护员，臂上包着红十字。这时候，我就走近了。

跟着那女救护员，就有一个手按着胸口的士兵站起来了，大概他是受的轻伤，全身没有血痕，只是脸色特别白。还有一个，他的腿部扎着白色的绷带，还有一个很直的躺在车板上，而他的手就和虫子的脚爪般攀住了树木那样紧抓着车厢的板条。

这部车子载着七八个伤兵，其中有一个，他绿色的军衣在肩头染着血的部分好像被水浸着那么湿，但他也站起来了，他用另一只健康的手去扶着别的一只受伤的手。

女救护员又爬上车来了，我想一定是这医院已经人满，不能再收的缘故。所以这载重车又动摇着，响着，倒退着，冲开着围观的人，又向金神父路退走。就是那肩头受伤的人，他也从原来的地方坐下去。

他们的脸色有的是黑的，有的是白的，有的是黄色的，除掉这个，从他们什么也得不到，呼叫，哼声，一点也没有，好像正在受着创痛的不是人类，不是动物……静静的；静得好像是一棵树木。

人们拥挤着招呼着，抱着孩子，拖着拖鞋，使我感到了人们就像在看"出大差"那种热闹的感觉。

停在我们脚尖前面的这飘蓬的人类，是应该受着无限深沉的致敬的呀！

于是第二部插着绿草的汽车也来到了，就在人们拥挤围观的当中，两部车子一起退去了。

M的腰间仍旧是闪着那带子上的一点小亮，那困恼的头发仍旧是切在窗子的边上。宁静，这深夜的宁静，微风也不来摆动这桌子上的书篇……只在那北方枪炮的世界中，高冲起来的火光中，把M的头部烘托出来一个圆大沉重而安宁的黑影在窗子上。

我想他也和我一样，战争是要战争的，而枪声是并不爱的。

八月十七日

小生命和战士

"你看那兵士腰间的刀子，总有点凶残的意味，可是他也爱那么小的孩子。"我这样小声的把嘴唇接近着L的耳边。

其实渡轮正在进行中的声音，也绝对使那兵士不会听到我的话语的。

其中第一个被我注意的，不是那个抱着孩子的，而是另外的一个，他一走上来，就停在船栏的旁边。他那么小，使我立刻想到了小老鼠。两颊从颧骨以下是完全陷下来的，因此嘴唇有点突出。耳朵在帽子的边下，显得贫薄和孤独，和那过大的帽遮一样，对于他都起着一种不配称的感觉。从帽遮我一直望到他黑色的胶底鞋：左手上受了伤，被一条挂在颈间的白布带吊在胸前，他穿着特为伤兵们赶制的过大的棉背心，而这件棉背心就把他装饰成一只小甲虫似的站在那里。等另外两个兵士走近前来的时候，他就让开了。

这两个之中的一个，在我看来是个军官，他并不怎样瘦，有点高大，他受伤的也是左手，同样被一只带子吊在胸前。在他微微的踱着的时候，那黑色皮鞋的后半部不时的被那黄呢裤的边口埋没着。当他同另外的一个讲话的时候，那空着的，垂在左肩的军中黄呢上衣的袖子，显得过于多余的在摆荡——因为他隔一会就要抬一抬左肩的缘故。

我所说的挂着刀的兵士，始终没有给我看到他的正面，因为那受伤的军官和他谈话总是对立着，我所能看到的是他脚上的刺马针，腰间的短刀，他的腰和肩都宽而且圆。那在怀中的孩子时时想要哭，于是他很小心的摇着他，把那包着孩子的军外套隔一会儿拉一拉，或是包紧一点。

不知为什么，我看他好像无论怎样也不能完全忘掉他腰边的短刀，孩子一安静下来，他的左手总是反背过来压在手柄上。

渡轮走近一个停在江心的货船旁边的时候，因为那船完全熄了灯火，所以好像一座小城似的黑黑地睡在江心上，起重机上还有一个大皮囊似的东西在高悬着。

我是背着锅炉站着的，背后的温暖已经增加到不能忍耐的程度，所以我稍稍离开一点，可是我的背后仍接近着温暖，而我的胸前却向着寒凉的江水。

那军官的烟火照红了他过高的鼻子，而后轻轻的好像从指尖上把它一弹，那烟火就掠过了船栏而向着月下的江水奔去了。

我一转身就看到了那第一个被我注意的伤兵就站在我的旁边，似乎在这船上并没有他的同伴，他带着衰弱或疲乏的样子在望着江水。他好像在寻找什么，也好像他要细听一听什么，或者也都不是，或者他的心思完全系在那只吊在胸前的左手上。

前边就是黄鹤楼，在停船之前，人们有的从座位上站起来，有的在移动着，船身和码头所激起来的水声，很响的在击撞着。即使那士兵的短刀的环子碰击得再响亮一点，我也不能听到，只有想像着：那紧贴在兵士胸前的孩子的心跳和那兵士的心跳，是不是他们彼此能够听到？

十月廿二日

《大地的女儿》与《动乱时代》

对于流血这件事我是憎恶的。断腿、断臂，还有因为流血过多而患着贫血症的蜡黄的脸孔们。我一看到，我必要想：丑恶，丑恶，丑恶的人类！

史沫特烈的《大地的女儿》和丽洛琳克的《动乱时代》，当我读完第一本的时候，我就想把这本书作一个介绍。可总是没有作，怕是自己心里所想的意思，因为说不好，就说错了。这种念头当我读着《动乱时代》的时候又来了。但也未能作，因为正是上海抗战的开始。我虽住在租界上，但高射炮的红绿灯在空中游着，就像在我的房顶上那么接近，并且每天夜里我总见过几次，有时候推开窗子，有时也就躺在床上看。那个时候就只能够看高射炮和读读书了，要想谈论，是不可能的，一切刊物都停刊了。单就说读书这一层，也是糊里糊涂的读，《西洋文学史话》，荷马的《奥德赛》也是在那个时候读的。《西洋文学史话》上说，什么人发明了造纸，这"纸"对人类文化，有着多大的好处，后来又经过某人发明了印刷机，这印刷机又对人类有多大的好处。于是也很用心读，感到人类生活的足迹是多么广泛啊！于是看着书中的插图和发明家们的画像，并且很吃力的想要记住那画像下面的人名。结果是越想求学问，学问越不得。也许就是现在学生们所要求的战时教育罢！不过在那时，我可没想到当游击队员。只是刚一开火，飞机、大炮、伤兵、流血，因为从前实在没有见过，无论如何我是吃不消的。

《动乱时代》的一开头就是：行李、箱子、盆子、罐子、老头、小孩、妇女和别的应该随身的家具。恶劣的空气，必要的哭闹外加打骂。买三等票的能坐到头等二等的车厢，买头等二等票的在三等车厢里得到一个位置就觉得满足。未满八岁的女孩——丽洛琳克——依着她母亲的膝头站在车厢的走廊上，从东普鲁士逃到柏林去。因为那时候，我也正想要离开上海，所以合上了书本想了一想，火车上是不是也就这个样子呢？这书的一开头与我的生活就这样接近。她写的是，一九一四年欧战一开始的情形，从逃难起，一直写下去，写到她二十几岁。这位作者在书中常常提到她自己长得不漂亮。对这不漂亮，她随时感到一种怨恨自己的情绪。她有点蛮强，有点不讲理，她小的时候常常欺侮她的弟弟。弟弟的小糖人放在高处，大概是放在挂衣箱的后面，并且弟弟每天登着板凳向后面看他的小糖人。可是丽洛琳克也到底偷着给他吃了一半，剩下那小糖人的上身仍旧好好的站在那里。对于她这种行为我总觉得有点不当。因为我的哲学是："不受人家欺侮就得啦，为什么还去欺侮人呢？"仔细想一想，有道理。一个人要想站在边沿上，要想站得牢是不可能的。一定这边倒倒，那边倒倒，若不倒到别人那边去，就得常常倒到自己这边来——也就是常常要受人家欺侮的意思。所以"不受人家欺侮就得啦"这哲学是行不通的（将来的社会不在此例）。丽洛琳克的力量就绝不是从我的那哲学培养出来的，所以她张开了手臂接受一九一四年开始的战争，她勇敢的呼吸着那么痛苦的空气。她的父亲，她的母亲都很爱她，但都一点也不了解她。她差不多经过了十年政党斗争的生活，可是终归离开了把她当作唯一安慰的母亲，并且离开了德国。

　　书的最末页我翻完了的时候，我把它放在膝盖上，用手压着，静静地听着窗外树上的蝉叫。"很可以""很可以"——我反复着这样的字句，感到了一种酸鼻的滋味。

史沫特烈我是见过的，是前年，在上海。她穿一件小皮上衣，有点胖，其实不是胖，只是很大的一个人，笑声很响亮，笑得过分的时候是会流着眼泪的。她是美国人。

男权中心社会下的女子，她从她父亲那里就见到了，那就是她的母亲。我恍恍惚惚的记得，她父亲赶着马车来了，带回一张花绸子了。这张绸子指明是给她母亲做衣裳的，母亲接过来，因为没有说一声感谢的话，她父亲就指问着："你永远不会说一声好听的话吗？"男权社会中的女子就是这样的。她哭了，眼泪就落在那张花绸子上。女子连一点点东西都不能白得，哪管就不是自己所要的也得牺牲好话或眼泪。男子们要这眼泪一点用处也没有，但他们是要的。而流泪是痛苦的，因为泪腺的刺激，眼珠发胀，眼睑发酸发辣，可是非牺牲不可。

《大地的女儿》的全书是晴朗的，健康的，艺术的，有的地方会使人发抖，那么真切。

前天是个愉快的早晨，我起得很早，生起了火炉，室内的温度是摄氏表十五度，杯子是温暖的，桌面也是温暖的，凡是我的手所接触到的都是温暖的，虽然外边落着雨，间或落着雪花。昨天为着介绍这两本书而起的嘲笑的故事，我都要一笔一笔的记下来。当我借来了这两本书（要想重新翻一翻），被他们看见了。用那么苗细的手指彼此传过去，而后又怎样把它放在地板上：

"这就是你们女人的书吗？看一看！它在什么地方！"话也许不是这样说的，但就是这个意思。因为他们一边说着一边笑着，并且还唱着古乐谱：

"工车工车上……六工尺……"这唱古乐谱的手中还拿着中国毛笔杆，他脸用一本书遮上了上半段。他越反复越快，简直连成串了。

嗯！等他听到说这《大地的女儿》写得好，转了风头了。

他立刻停止了唱"工尺"，立刻笑着，叫着，并且用脚跺着地板，好像这样的喜事从前没有被他遇见过："是呵！不好，不好……"

另一个也发狂啦！他的很细的指尖在指点着书封面："这就是吗？《动乱时代》……这位女作家就是两匹马吗？"当然是笑得不亦乐乎："《大地的女儿》就这样？不穿衣裳，看唉！看唉！"

这样新的刺激我也受不住了，我的胸骨笑得发痛。《大地的女儿》的封面画一个裸体的女子。她的周围：一条红，一条黄，一条黑，大概那表现的是地面的气圈。她就在这气圈里边像是飞着。

这故事虽然想一想，但并没有记一笔，我就出去了，打算到菜市去买一点菜回来。回来的时候，在一家门楼下面，我看见了一堆草在动着。因为是小巷，行人非常稀少，我忽然有一种害怕的感觉。这是人吗？人会在这个地方吗？坐起来了，是个老头，一件棉袄是披着，赤裸的胸口跳动在草堆外面。

　　我把菜放在家里，拿了钱又转回来的时候，他的胸膛还跳动在草堆的外面。

　　"你接着啊！我给你东西。"

　　稀疏的落着雪花的小巷里，我的雨伞上同时也有雨点在拍拍的跳着。

　　"给你，给你东西呀！"

　　这时我听到他说了：

　　"我是瞎子。"

　　"你伸出手来！"

　　他周遭的碎草苏嘎的响着，是一只黄色的好像生了锈的黄铜的手和小爪子似的向前翻着。我跑上台阶去，于是那老头的手心上印着一个圆圆的闪亮的和银片似的小东西。

　　我憎恶打仗，我憎恶断腿、断臂。等我看到了人和猪似的睡在墙根上，我就什么都不憎恶了，打吧！流血吧！不然，这样猪似的，不是活遭罪吗？

有几位女同学到我家里过，在这抗战时期她们都感苦闷。到前方去工作呢？而又哪里收留她们工作呢？这种苦闷会引起一时的觉醒来。不是这觉醒不好，一时的也是好的。但我觉得应该更长一点。比方那老头明明是人不是猪，而睡在墙根上，这该作何讲解呢？比方女人明明也是人，为什么当她得到一块衣料的时候，也要哭泣一场呢？理解是应该理解的，作不到不要紧，准备是必须的。所以我对她说："应该多读书。"尤其是这两本书，非读不可。我也体验得到她们那种心情，急于要找实际的工作，她们的心已经悬了起来，不然是落不下来的，就像小麻雀已经长好了翅子，脚是不会沾地的。

这种苦闷是热烈的，应该同情的。但长久了是不行的，抗战没有到来的时候，脑子里头是个白丸。抗战到来了，脑子里是个苦闷。抗战过去了，脑子里又是个白丸。这是不行的。抗战是要建设新中国，而不是中国塌台。

又想起来了：我敢相信，那天晚上的嘲笑决不是真的，因为他们是智识分子，并且是维新的而不是复古的。那么说，这些话也只不过是玩玩，根据年轻好动的心理，大家说说笑笑，但为什么常常要取着女子做题材呢？

读读这两本书就知道一点了。

不是我把女子看得过于了不起，不是我把女子看得过于卑下；只是在现社会中，以女子出现，造成这种斗争的记录，在我觉得她们是勇敢的，是最强的，把一切都变成了痛苦出卖而后得来的。

一九三八年一月三日　武昌

放火者

从五月一号那天起，重庆就动了，在这个月份里，我们要纪念好几个日子，所以街上有多少人在游行，他们还准备着在夜里火炬游行。街上的人带着民族的信心，成行的大队沉静的走着。

五三的中午日本飞机二十六架飞到重庆的上空，在人口最稠密的街道上投下燃烧弹和炸弹，那一天就有三条街起了带着硫磺气的火焰。

五四的那天，日本飞机又带了多量的炸弹，投到他们上次没完全毁掉的街上和上次没可能毁掉的街道上。

大火的十天以后，那些断墙之下，瓦砾堆中仍冒着烟。人们走在街上用手帕掩着鼻子或者挂着口罩。因为有一种奇怪的气味满街散布着。那怪味并不十分浓厚，但随时都觉得是吸得到。似乎每人都用过于细微的嗅觉存心嗅到那说不出的气味似的，就在十天以后发掘的人们，还在深厚的灰烬里寻出尸体来。

断墙笔直的站着，在一群瓦砾当中，只有它那么高而又那么完整。设法拆掉它，拉倒它，但它站得非常坚强。段牌坊就站着这断墙，很远就可以听到几十人在喊着，好像拉着帆船的牵绳，又像抬着重物。

"唉呀……喔呵……唉呀……喔呵……"

走近了看到那里站着一队兵士，穿着绿色的衣裳，腰间挂着他们喝水的瓷杯，他们相同出发到前线上去差不多。但他们手里挽着绳子的另一端系在离他们很远的单独的五六丈高站着一动也不动的那断墙上。他们喊着口号一起拉它不倒，连歪斜也不歪斜，它坚强的站着。步行的人停下了，车子走慢了，走过去的人回头了，用一种坚强的眼光，人们看住了它。

被那声音招引着，我也回过头去看它，可是它不倒，连动也不动。我就看到了这大瓦场的近边，那高坡上仍旧站着被烤干了的小树。有谁能够认得出那是什么树，完全脱掉了叶子，并且变了颜色，好像是用赭色的石雕成的。靠着小树那一排房子窗上的玻璃掉了，只有三五块碎片，在夕阳中闪着金光。走廊的门开着，一切可以看得到，门帘扯掉了，墙上的镜框在斜垂着。显然的在不久之前，他们是在这儿好好地生活着，那墙壁日历上还露着四号的"四"字。

街道是哑默的，一切店铺关了门，在黑大的门扇上贴着白帖或红帖，上面写着退房或搬家。路的两旁偶尔张着席棚或布棚，里面坐着苍白着脸色的恐吓的人，用水盆子，当时在洗刷着弄脏了的胶皮鞋，汗背心……毛巾之类，这东西是从火中抢救出来的。

被炸过了的街道，飞尘卷了白沫扫着稀少的行人，行人挂着口罩，或用帕子掩着鼻子。街是哑默的，许多人生存的街毁掉了，生活秩序被破坏了，饭馆关起了门。

大瓦砾场一个接着一个，前边又是一群人在拉着断墙，这使人一看上去就要低了头。无论你心胸怎样宽大，但你的心不能不跳，因为那摆在你面前的是荒凉的，是横遭不测的，千百个母亲和小孩子是吼叫着的，哭号着的，他们嫩弱的生命在火里边挣扎着，生命和火在斗争。但最后生命给谋杀了。那曾经狂喊过的母亲的嘴，曾经乱舞过的父亲的胳臂，曾经发疯对着火的祖母的眼睛，曾经依然偎在妈妈怀里吃乳的婴儿，这些最后都被火给杀死了。孩子和母亲，祖父和孙儿，猫和狗，都同他们凉台上的花盆一道倒在火里了。这倒下来的全家，他们没有一个是战斗员。

白洋铁壶成串的仍在那烧了一半的房子里挂着，显然是一家洋铁制器店被毁了。洋铁店的后边，单独的三楼三底的房子站着，它两边都倒下去了，只有它还歪歪裂裂的支持着，楼梯分做好几段自己躺下去了，横睡在楼脚上。窗子整张的没有了，门扇也看不见了，墙壁穿着大洞，相同被打破了腹部的人那样可怕的奇怪的站着。但那摆在二楼的木床，仍旧摆着，白色的床单还随着风飘着那只巾角，就在这二十个方丈大的火场上同时也有绳子在拉着一道断墙。

就在这火场的气味还没有停息，瓦砾还会烫手的时候，坐着飞机放火的日本人又要来了，这一天是五月十二号。

警报的笛子到处叫起，不论大街或深巷，不论听得到的听不到的，不论加以防备的或是没有知觉的都卷在这声浪里了。

那拉不倒的断墙也放手了，前一刻在街上走着的那一些行人，现在狂乱了，发疯了，开始跑了，开始喘着，还有拉着孩子的，还有拉着女人的，还有脸色变白的。街上像来了狂风一样，尘土都被这惊慌的群带着声响卷起来了，沿街响着关窗和锁门的声音，街上什么也看不到，只看到跑。我想疯狂的日本法西斯刽子手们若看见这一刻的时候，他们一定会满足的吧，他们是何等可以骄傲呵，他们可以看见……

十几分钟之后，都安定下来了，该进防空洞的进去了，躲在墙根下的躲稳了。第二次警报（紧急警报）发了。

听得到一点声音，而越听越大。我就坐在公园石阶铁狮子附近，这铁狮子旁边坐着好几个老头，大概他们没有气力挤进防空洞去，而又跑也跑不远的缘故。

飞机的响声大起来，就有一个老头招呼着我：

"这边……到铁狮子下边来……"这话他并没有说，我想他是这个意思，因为他向我招手。

为了呼应他的亲切我去了，蹲在他的旁边。后边高坡上的树，那树叶遮着头顶的天空，致使想看飞机不大方便，但在树叶的空间看到飞机了，六架，六架。飞来飞去的总是六架，不知道为什么高射炮也未发，也不投弹。

穿蓝布衣裳的老头问我："看见了吗？几架？"

我说："六架。"

"向我们这边飞……"

"不，离我们很远。"

我说瞎话，我知道他很害怕，因为他刚说过了："我们坐在这儿的都是善人，看面色没有做过恶事，我们良心都是正的……死不了的。"

大批的飞机在头上过了，那里三架三架的集着小堆，这些小堆在空中横排着，飞得不算顶高，一共四十几架。高射炮一串一串的发着，红色和黄色的火球像一条长绳似的扯在公园的上空。

那老头向着另外的人而又向我说：

"看面色，我们都是没有做过恶的人，不带恶像，我们不会死……"

说着他就伏在地上了，他看不见飞机，他说他老了。大概他只能看见高射炮的连串的火球。

飞机像是低飞了似的，那声音沉重了，压下来了。守卫的宪兵喊了一声口令："卧倒。"他自己也就挂着枪伏在水池子旁边了。四边火光起来，有沉重的爆击声，人们看见半天是红光。

公园在这一天并没有落弹。在两个钟头之后，我们离开公园的铁狮子，那个老头悲惨的向我点头，而且和我说了很多话。

下一次，五月二十五号那天，中央公园便被炸了。水池子旁边连铁狮子都被炸碎了。在弹花飞溅时，那是混合着人的肢体，人的血，人的脑浆。这小小的公园，死了多少人？我不愿说出它的数目来，但我必须说出它的数目来：

死伤×××人，而重庆在这一天，有多少人从此不会听见解除警报的声音了……

一九三九年六月九日　北碚

长安寺

接引殿里的佛前灯，一排一排的每个顶着一颗小灯花燃在案子上。敲钟的声音一到接近黄昏的时候就稀少下来，并且渐渐地简直一声不响了。因为烧香拜佛的人都回家去吃着晚饭。

大雄宝殿里，也同样哑默默地，每个塑像都站在自己的地盘上忧郁起来，因为黑暗开始挂在他们的脸上。长眉大仙，伏虎大仙，赤脚大仙，达摩，他们分不出哪个是牵着虎的，哪个是赤着脚的。他们通通安安静静地同叫着别的名字的许多塑像分站在大雄宝殿的两壁。

只有大肚弥勒佛还在笑迷迷的看着打扫殿堂的人，打扫殿堂的人把小灯放在弥勒佛脚前的缘故。

厚沉沉的圆圆的蒲团，被打扫殿堂的人一个一个的拾起来，高高的把它们靠着墙堆了起来。香火着在释迦摩尼的脚前，就要熄灭的样子，昏昏暗暗地，若不去寻找，简直看不见了似的，只不过香火的气息缭绕在灰暗的微光里。

接引殿前，石桥下的池里的小龟不再像日里那样把头探在水面上。用胡芝麻磨着香油的小石磨也停止了动转。磨香油的人也在收拾着家具。庙前喝茶的都戴起了帽子，打算回家去。冲茶的红脸的那个老头，在小桌上自己吃着一碗素面，大概那就是他的晚餐了。

过年的时候，这庙就更温暖而热气腾和的了，烧香拜佛的人东看看，西望望。用着他们特有的幽闲，摸一摸石桥的栏杆的花纹，而后研究着而想多发现几个桥下的乌龟。有一个老太婆背着一个黄口袋，在右边的跨骨上，那口袋上写着"进香"两个黑字，她已经跨出了当门的殿堂的后门，她又急急忙忙的从那后门转回去。我很奇怪的看着她，以为她掉了东西。大家想想看吧！她一翻身就跪下，迎着殿堂的后门向前磕了一个头。看她的年岁，有六十多岁，但那磕头的动作，来得非常灵活，我看她走在石桥上也照样的精神而庄严。为着过年才做起来的新缎子帽，闪亮的向着接引殿去朝拜了。佛前钟在一个老和尚手里拿着的钟锤下当当的响了三声，那老太婆就跪在蒲团上安祥的磕了三个头。这次磕头却并不像方才在前面殿堂的后门磕得那样热情而慌张。我想了半天才明白，方才，就是前一刻，一定是她觉得自己太疏忽了，怕是那尊面向着后门口的佛见她怪，而急急忙忙的请他恕罪的意思。

卖花生糖的肩上挂着一个小箱子，里边装了三四样糖，花生糖，炒米糖，还有胡桃糖。卖瓜子的提着一个长条的小竹篮，篮子的一头是白瓜籽，一头是盐花生。而这里不大流行难民卖的一包一包的"瓜子大王"。青茶，素面，不加装饰的，一个铜板随手抓过一撮来就放在嘴上磕的白瓜籽，就已经十足了。所以在这庙里吃茶的人，都觉别有风味。

耳朵听的是梵钟和诵经的声音，眼睛看的是些悠闲而且自得的游庙或烧香的人；鼻子所闻到的，不用说是檀香和别的香料的气息。所以这种吃茶的地方确实使人喜欢。又可以吃茶，又可以观风景看游人。比起重庆的所有的吃茶店来都好。尤其是那冲茶的红脸的老头，他总是高高兴兴的，走路时喜欢把身子向两边摆着，好像他故意把重心一会放在左腿上，一会放在右腿上。每当他掀起茶盅的盖子时，他的话就来了，一串一串的，他说：我们这四川没有啥好的，若不是打日本，先生们请也请不到这地方。他再说下去，就不懂了，他谈的和诗句一样。这时候他要冲在茶盅的开水，从壶嘴如同一条冰落进茶盅来。他拿起盖子来把茶盅扣住了，那里边上下游着的小鱼似的茶叶也被盖子扣住了，反正这地方是安静得可喜的，一切都是太平无事。

××坊的水龙就在石桥的旁边和佛堂斜对着面。里边放置着什么，我没有机会去看，但有一次重庆的防空演习我是看过的，用人推着瓦瓦的山响的水龙，一个水龙大概可装两桶水的样子，可是非常沉重，四五个人连推带挽。若着起火来我看那水龙没到之前火已经熄灭了。那仿佛就写着什么××坊一类的字样。唯有这些东西，在庙里算是一个不调和的设备，而且也破坏了安静和统一。庙的墙壁上，不是大大的写着观自在菩萨吗？庄严静妙，这是一块没有受到外面侵扰的重庆的唯一的地方。佛说，一花一世界，这是一个小世界，应作如是观。

但我突然的神经过敏起来——可能的有一天这上面会落下了敌人的一颗炸弹。而可能的那两条小水龙也救不了这一场大火。那时，那些喝茶的将没有着落了，假如他们不愿意茶摆在瓦砾场上。

我顿然的感到悲哀。

一九三九年四月　歌乐山

给流亡异地的东北同胞书

沦落在异地的东北同胞们：

当每个秋天的月亮快圆的时候，我们的心总被悲哀装满。想起高粱油绿的叶子，想起白发的母亲或幼年的亲眷。

他们的希望曾随着秋天的满月，在幻想中赊取了十次。而每次都是月亮如期的圆了，而你们的希望却随着高粱叶子萎落。但是，自从"八一三"之后，上海的炮火响了，中国政府的积极抗战揭开，成了习惯的愁惨的日子，却在炮火的交响里，焕成了鼓动、兴奋和感激。这时，你们一定也流泪了，这是鼓舞的泪，兴奋的泪，感激的泪。

记得抗战以后，第一个可欢笑的"九一八"是怎样纪念的呢？

中国飞行员在这天作了突击的工作。他们对于出云舰的袭击作了出色的成绩。

那夜里，江面上的日本神经质的高射炮手，浪费的惊恐的射着炮弹，用红色的绿色的淡蓝色的炮弹把天空染红了。但是我们的飞行员，仍然以精确的技巧和沉毅的态度（他们有好多是东北的飞行员）来攻击这摧毁文化摧残和平的法西①魔手。几百万的市民都仰起头来寻觅——其实他们什么也看不见的，但他们一定要看，在黑魆魆的天空里，他们看见了我们民族的自信和人类应有的光辉。

第一个煽惑起东北同胞的思想是：

"我们就要回老家了！"

家乡多么好呀，土地是宽阔的，粮食是充足的，有顶黄的金子，有顶亮的煤，鸽子在门楼上飞，鸡在柳树下啼着，马群越着原野而来，黄豆像潮水似的在铁道上翻涌。

人类对着家乡是何等的怀恋呀，黑人对着"迪斯"痛苦的向往；爱尔兰的诗人夏芝②一定要回到那"蜂房一窠，菜畦九畴"的"茵尼斯"③去不可；水手约翰·曼殊斐尔

---

① 法西，通译法西斯。

② 夏芝，通译威廉·巴特勒·叶芝（1865—1939），爱尔兰诗人。

③ 出自叶芝1890年作品《茵斯弗利岛》。

（英国桂冠诗人）①狂热的要回到海上去。

但是等待了十年的东北同胞，十年如一日，我们心的火越着越亮，而且路子显现得越来越清楚。我们知道我们的路，我们知道我们的作战位置——我们的位置，就是站在别人的前边的那个位置。我们应该是第一个打开了门而是最末走进去的人。

抗战到现在已经遭遇到最坚苦的阶段，而且也就是最后胜利接触的阶段。在贾克·伦敦②所写的一篇短篇小说上，描写两个拳师在冲击的斗争里，只系于最后的一拳。而那个可怜的老拳师，所以失败了的原因，也只在少吃了一块"牛扒"。假如事先他能吃得饱一点，胜利一定是他。中国的胜利是经过了这个最后的阶段，而东北人民在这里是决定的一环。

东北流亡同胞们，我们的地大物博，决定了我们的沉着毅勇，正如敌人的家当使他们急功切进一样。在最后的斗争里，谁打得最沉着，谁就会得胜。

我们应该献身给祖国作前卫工作，就如我们应该把失

---

① 约翰·曼殊斐尔，通译约翰·梅斯菲尔德（1878—1967），英国诗人、剧作家。
② 贾克·伦敦，通译杰克·伦敦（1876—1916），美国小说家。

地收复一样，这是我们的命运。

东北流亡同胞们，为了失去的土地上的大豆，高粱，努力吧！为了失去了土地的年老的母亲，努力吧！为了失去的地面上的痛心的一切的记忆，努力吧！

谨此即颂

健康

回忆鲁迅先生

鲁迅先生的背影是灰黑色的，仍旧坐在那里。

致萧军（1936年10月24日）

军：

关于周先生的死，二十一日的报上，我就渺渺茫茫知道一点，但我不相信自己是对的，我跑去问了那唯一的熟人，她说："你是不懂日本文的，你看错了。"我很希望我是看错，所以很安心的回来了，虽然去的时候是流着眼泪。

昨夜，我是不能不哭了。我看到一张中国报上清清楚楚登着他的照片，而且是那么痛苦的一刻。可惜我的哭声不能和你们的哭声混在一道。

现在他已经是离开我们五天了，不知现在他睡到哪里去了？虽然在三个月前向他告别的时候，他是坐在藤椅上，而且说："每到码头，就有验病的上来，不要怕，中国人就专会吓呼中国人，茶房就会说：验病的来啦！来啦！……"

我等着你的信来。

可怕的是许女士的悲痛，想个法子，好好安慰着她，最好是使她不要静下来，多多的和她来往。过了这一个最难忍的痛苦的初期，以后总是比开头容易平伏下来。还有那孩子，我真不能够想象了。我想一步踏了回来，这想象的时间，在一个完全孤独了的人是多么可怕！

最后你替我去送一个花圈或是什么。

告诉许女士：看在孩子的面上，不要太多哭。

红

十月二十四日

致许广平（1939年3月14日）

×先生：

　　还是在十二月里，我听说霞飞坊着火，而被烧的是先生的家。这谣传很久了，不过我是十二月听到的。看到你的信，我才知道，晓得那件事已经很晚了，那还是十月里的事情。但这次来的信很好，因为关心这件事情的人太多，延安和成都，都有人来信问过。再说二周年祭，重庆也开了会，可是那时候我不能去参加，那理由你也是晓得的。你说叫我收集一些当时的报纸，现在算起，过了两个月了，但怕你的贴报簿仍没有重庆的篇幅，所以我还是在收集，以后挂号寄上。因为过时之故，所以不能收集得快，而且也怕不全。这都是我这样的年青人做事不留心的缘故，不然何必现在收集呢？不是本来应该留起的吗？

名叫《鲁迅》的刊物，至今尚未出。替转的那几张信，谢谢你。你交了白卷，我不生气，（因为我不敢）所以我也不小气，打算给你写文章的。不知现在时间已过你要不要？

《鲁迅》那刊物不该打算出得那样急，为的是赶二周年。因为周先生去世之后，算算自己做的事情太少，就心急起来。心急是不行的，周先生说过，这心急要拉得长，所以这刊物我始终计算着，有机会就要出的。年底看，在这一年中，各种方法我都想，想法收集稿子，想法弄出版关系，即最后还想自己弄钱。这三条都是要紧的，尤其是关于稿子。这刊物要名实合一，要外表也漂亮，因为导师喜欢好的装修（漂亮书），因为导师的名字不敢侮辱，要选极好极好的作品，做编辑的要铁面无私，要宁缺勿滥；所以不出月刊，不出定期刊，有钱有稿就出一本，不管春夏秋冬，不管三月五月，整理好就出一本，本头要厚，出一本就是一本。载一长篇，三两篇短篇，散文一篇，诗有好的要一篇，没有好的不要。关于周先生，要每期都有关于他的文章。研究，传记……所以先想请你作传记的工作（就是写回忆文），这很对不起，我不应该就这样指定，我的意思不是指定，就是请你具体的赞同。还请茅盾先生，台静农先生……若赞同就是写稿。但这稿也并不收在我手里（登出一期，再写信讨来一段），因为内地警报多，怕烧毁。文章越长越好，研究我们的导师非长文不够用。在这一年之中，大概你总可写出几万字的，就是这刊物不管怎样努力也不能出的话，那时就请你出单行本吧，我们都是要读的。导师的长处，我们知道的太少了，想做好人是难的。其实导师的文章就够了，绞了那么多心血给我们还不够吗？但是我们这一群年青人非常笨，笨的就像一块石，假若看了导师怎样对朋友，怎样谈闲天，怎样看电影，怎样包一本书，怎样用剪子连包书的麻绳都剪的整整齐齐，那或者帮助我们做成一个人更快一点，因为我们连吃饭走路都得根本学习的，我代表青年们向你呼求，向你索要。

我们在这里一谈起话来就是导师导师，不称周先生也不称鲁迅先生，你或者还没有机会听到，这声音是到处响着的，好像街上的车轮，好像檐前的滴水。（下略）

萧红上

三月十四日

回忆鲁迅先生

鲁迅先生的笑声是明朗的，是从心里的欢喜。若有人说了什么可笑的话，鲁迅先生笑得连烟卷都拿不住了，常常是笑得咳嗽起来。

鲁迅先生走路很轻捷，尤其使人记得清楚的，是他刚抓起帽子来往头上一扣，同时左腿就伸出去了，仿佛不顾一切的走去。

鲁迅先生不大注意人的衣裳，他说：

"谁穿什么衣裳我看不见的……"

鲁迅先生生病，刚好了一点，窗子开着，他坐在躺椅上，抽着烟，那天我穿着新奇的火红的上衣，很宽的袖子。

鲁迅先生说："这天气闷热起来，这就是梅雨天。"他把他装在象牙烟嘴上的香烟，又用手装得紧一点，往下又说了别的。

许先生忙着家务跑来跑去，也没有对我的衣裳加以鉴赏。

于是我说："周先生，我的衣裳漂亮不漂亮？"

鲁迅先生从上往下看了一眼："不大漂亮。"

过了一会又加着说："你的裙子配得颜色不对，并不是红上衣不好看，各种颜色都是好看的，红上衣要配红裙子，不然就是黑裙子，咖啡色的就不行了；这两种颜色放在一起很混浊……你没看到外国人在街上走的吗？绝没有下边穿一件绿裙子，上边穿一件紫上衣，也没有穿一件红裙子而后穿一件白上衣的……"

鲁迅先生就在躺椅上看着我："你这裙子是咖啡色的，还带格子，颜色混浊得很，所以把红衣裳也弄得不漂亮了。"

"……人瘦不要穿黑衣裳，人胖不要穿白衣裳；脚长的女人一定要穿黑鞋子，脚短就一定要穿白鞋子；方格子的衣裳胖人不能穿，但比横格子的还好；横格子的，胖人穿上，就把胖子更往两边裂着，更横宽了，胖子要穿竖条子的，竖的把人显得长，横的把人显的宽……"

那天鲁迅先生很有兴致，把我一双短统靴子也略略批评一下，说我的短靴是军人穿的，因为靴子的前后都有一条线织的拉手，这拉手据鲁迅先生说是放在裤子下边的……

我说："周先生，为什么那靴子我穿了多久了而不告诉我，怎么现在才想起来呢？现在我不是不穿了吗？我穿的这不是另外的鞋吗？"

"你不穿我才说的，你穿的时候，我一说你该不穿了。"

那天下午要赴一个宴会去，我要许先生给我找一点布条或绸条束一束头发。许先生拿了来米色的绿色的还有桃红色的。经我和许先生共同选定的是米色的。为着取笑，把那桃红色的，许先生举起来放在我的头发上，并且许先生很开心的说着：

"好看吧！多漂亮！"

我也非常得意，很规矩又顽皮的在等着鲁迅先生往这边看我们。

鲁迅先生这一看，他就生气了，他的眼皮往下一放向我们这边看着：

"不要那样装她……"

许先生有点窘了。

我也安静下来。

鲁迅先生在北平教书时，从不发脾气，但常常好用这种眼光看人，许先生常跟我讲，她在女师大读书时，周先生在课堂上，一生气就用眼睛往下一掠，看着她们，这种眼光鲁迅先生在记范爱农先生的文字曾自己述说过，而谁曾接触过这种眼光的人就会感到一个旷代的全智者的催逼。

我开始问："周先生怎么也晓得女人穿衣裳的这些事情呢?"

"看过书的，关于美学的。"

"什么时候看的……"

"大概是在日本读书的时候……"

"买的书吗?"

"不一定是买的，也许是从什么地方抓到就看的……"

"看了有趣味吗?!"

"随便看看……"

"周先生看这书做什么?"

"……"没有回答。好像很难以答。

许先生在旁说："周先生什么书都看的。"

在鲁迅先生家里做客人，刚开始是从法租界来到虹口，搭电车也要差不多一个钟头的工夫，所以那时候来的次数比较少，还记得有一次谈到半夜了，一过十二点电车就没有的，但那天不知讲了些什么，讲到一个段落就看看旁边小长桌上的圆钟，十一点半了，十一点四十五分了，电车没有了。

"反正已十二点，电车已没有，那么再坐一会。"许先生如此劝着。

鲁迅先生好像听了所讲的什么引起了幻想，安顿的举着象牙烟嘴在沉思着。

一点钟以后，送我（还有别的朋友）出来的是许先生，外边下着濛濛的小雨，弄堂里灯光全然灭掉了，鲁迅先生嘱许先生一定让坐小汽车回去，并且一定嘱咐许先生付钱。

以后也住到北四川路来，就每夜饭后必到大陆新村来了，刮风的天，下雨的天，几乎没有间断的时候。

鲁迅先生很喜欢北方饭。还喜欢吃油炸的东西，喜欢吃硬的东西，就是后来生病的时候，也不大吃牛奶。鸡汤端到旁边用调羹舀了一二下就算了事。

有一天约好我去包饺子吃，那还是住在法租界，所以带了外国酸菜和用绞肉机绞成的牛肉，就和许先生站在客厅后边的方桌边包起来。海婴公子围着闹得起劲，一会把按成圆饼的面拿去了，他说做了一只船来，送在我们的眼前，我们不看他，转身他又做了一只小鸡。许先生和我都不去看他，对他竭力避免加以赞美，若一赞美起来，怕他

190

更做得起劲。

客厅后没到黄昏就先黑了，背上感到些微的寒凉，知道衣裳不够了，但为着忙，没有加衣裳去。等把饺子包完了看看那数目并不多，这才知道许先生和我们谈话谈得太多，误了工作。许先生怎样离开家的，怎样到天津读书的，在女师大读书时怎样做了家庭教师，她去考家庭教师的那一段描写，非常有趣，只取一名，可是考了好几十名，她之能够当选算是难的了。指望对于学费有点补足，冬天来了，北平又冷，那家离学校又远，每月除了车子钱之外，若伤风感冒还得自己拿出买阿司匹林的钱来，每月薪金十元要从西城跑到东城……

饺子煮好，一上楼梯，就听到楼上明朗的鲁迅先生的笑声冲下楼梯来，原来有几个朋友在楼上也正谈得热闹。那一天吃得是很好的。

以后我们又做过韭菜合子，又做过荷叶饼，我一提议，鲁迅先生必然赞成，而我做的又不好，可是鲁迅先生还是在饭桌上举着筷子问许先生："我再吃几个吗？"

因为鲁迅先生的胃不大好，每饭后必吃"脾自美"胃药丸一二粒。

有一天下午鲁迅先生正在校对着瞿秋白的《海上述林》，我一走进卧室去，从那圆转椅上鲁迅先生转过来了，向着我，还微微站起了一点。

"好久不见，好久不见。"一边说着一边向我点头。

刚刚我不是来过了吗？怎么会好久不见？就是上午我来的那次周先生忘记了，可是我也每天来呀……怎么都忘记了吗？

周先生转身坐在躺椅上才自己笑起来，他是在开着玩笑。

梅雨季，很少有晴天，一天的上午刚一放晴，我高兴极了，就到鲁迅先生家去了，跑得上楼还喘着，鲁迅先生说："来啦！"我说："来啦！"

我喘着连茶也喝不下。

鲁迅先生就问我：

"有什么事吗?"

我说："天晴啦，太阳出来啦。"

许先生和鲁迅先生都笑着，一种对于冲破忧郁心境的展然的会心的笑。

海婴一看到我非拉我到院子里和他一道玩不可，拉我的头发或拉我的衣裳。

为什么他不拉别人呢？据周先生说："他看你梳着辫子，和他差不多，别人在他眼里都是大人，就看你小。"

许先生问着海婴："你为什么喜欢她呢？不喜欢别人?"

"她有小辫子。"说着就来拉我的头发。

鲁迅先生家里生客人很少，几乎没有，尤其是住在他家里的人更没有。一个礼拜六的晚上，在二楼上鲁迅先生的卧室里摆好了晚饭，围着桌子坐满了人。每逢礼拜六晚上都是这样的，周建人先生带着全家来拜访的。在桌子边坐着一个很瘦的很高的穿着中国小背心的人，鲁迅先生介绍说："这是一位同乡，是商人。"

初看似乎对的，穿着中国裤子，头发剃得很短。当吃饭时，他还让别人酒，也给我倒一盅，态度很活泼，不大像个商人；等吃完了饭，又谈到《伪自由书》及《二心集》。这个商人，开明得很，在中国不常见。没有见过的，就总不大放心。

下一次是在楼下客厅后的方桌上吃晚饭，那天很晴，一阵阵的刮着热风，虽然黄昏了，客厅后还不昏黑。鲁迅先生是新剪的头发，还能记得桌上有一碗黄花鱼，大概是顺着鲁迅先生的口味，是用油煎的。鲁迅先生前面摆着一碗酒，酒碗是扁扁的，好像用做吃饭的饭碗。那位商人先生也能喝酒，酒瓶手就站在他的旁边。他说蒙古人什么样，苗人什么样，从西藏经过时，那西藏女人见了男人追她，她就如何如何。

这商人可真怪，怎么专门走地方，而不做买卖？并且鲁迅先生的书他也全读过，一开口这个，一开口那个。并且海婴叫他×先生①，我一听那×字就明白他是谁了。×先生常常回来得很迟，从鲁迅先生家里出来，在弄堂里遇到了几次。

有一天晚上×先生从三楼下来，手里提着小箱子，身上穿着长袍子，站在鲁迅先生的面前，他说他要搬了。他告了辞，许先生送他下楼去了。这时候周先生在地板上绕了两个圈子，问我说：

"你看他到底是商人吗？"

"是的。"我说。

鲁迅先生很有意思的在地板上走几步，而后向我说："他是贩卖私货的商人，是贩卖精神上的……"

×先生走过二万五千里回来的。

青年人写信，写得太草率，鲁迅先生是深恶痛绝之的。

"字不一定要写得好，但必须得使人一看了就认识，年青人现在都太忙了……他自己赶快胡乱写完了事，别人看了三遍五遍看不明白，这费了多少工夫，他不管。反正这费了工夫不是他的。这存心是不太好的。"

---

① ×先生，即冯雪峰（1903—1976），现代文艺理论家。1936年4月曾以中共中央特派员身份到上海工作，与鲁迅交情甚笃。

但他还是展读着每封由不同角落里投来的青年的信，眼睛不济时，便戴起眼镜来看，常常看到夜里很深的时光。

鲁迅先生坐在××电影院楼上的第一排，那片名忘记了，新闻片是苏联纪念五一节的红场。

"这个我怕看不到的……你们将来可以看得到。"鲁迅先生向我们周围的人说。

珂勒惠支①的画，鲁迅先生最佩服，同时也很佩服她的做人，珂勒惠支受希特拉②的压迫，不准她做教授，不准她画画，鲁迅先生常讲到她。

史沫特烈③，鲁迅先生也讲到，她是美国女子，帮助印度独立运动，现在又在援助中国。

鲁迅先生介绍人去看的电影：《夏伯阳》，《复仇艳遇》……其余的如《人猿泰山》……或者非洲的怪兽这一类的影片，也常介绍给人的。鲁迅先生说："电影没有什么好看的，看看鸟兽之类倒可以增加些对于动物的知识。"

鲁迅先生不游公园，住在上海十年，兆丰公园没有进过。虹口公园这么近也没有进过。春天一到了，我常告诉

---

① 珂勒惠支（1867—1945），德国版画家、雕刻家。

② 希特拉，通译希特勒（1889—1945），纳粹德国元首，第二次世界大战发动者。

③ 史沫特烈，通译史沫特莱（1890—1950），美国记者，支持中国革命。

周先生，我说公园里的土松软了，公园里的风多么柔和，周先生答应选个晴好的天气，选个礼拜日，海婴休假日，好一道去，坐一乘小汽车一直开到兆丰公园，也算是短途旅行，但这只是想着而未有做到，并且把公园给下了定义。

鲁迅先生说："公园的样子我知道的……一进门分做两条路，一条通左边，一条通右边，沿着路种着点柳树什么树的，树下摆着几张长椅子，再远一点有个水池子。"

我是去过兆丰公园的，也去过虹口公园或是法国公园的，仿佛这个定义适用在任何国度的公园设计者。

鲁迅先生不戴手套，不围围巾，冬天穿着黑石蓝的棉布袍子，头上戴着灰色毡帽，脚穿黑帆布胶皮底鞋。

胶皮底鞋夏天特别热，冬天又凉又湿，鲁迅先生的身体不算好，大家都提议把这鞋子换掉。鲁迅先生不肯，他说胶皮底鞋子走路方便。

"周先生一天走多少路呢？也不就一转弯到××书店①走一趟吗？"

鲁迅先生笑而不答。

"周先生不是很好伤风吗？不围巾子，风一吹不就伤风了吗？"

---

① ××书店，即内山书店。店主是日本人内山完造先生，与鲁迅是朋友。

鲁迅先生这些个都不习惯，他说：

"从小就没戴过手套围巾，戴不惯。"

鲁迅先生一推开门从家里出来时，两只手露在外边，很宽的袖口冲着风就向前走，腋下夹着个黑绸子印花的包袱，里边包着书或者是信，到老靶子路书店去了。

那包袱每天出去必带出去，回来必带回来。出去时带着给青年们的信，回来又从书店带来新的信和青年请鲁迅先生看的稿子。

鲁迅先生抱着印花包袱从外边回来，还提着一把伞，一进门客厅里早坐着客人，把伞挂在衣架上就陪客人谈起话来。谈了很久了，伞上的水滴顺着伞杆在地板上已经聚了一堆水。

鲁迅先生上楼去拿香烟，抱着印花包袱，而那把伞也没有忘记，顺手也带到楼上去。

鲁迅先生的记忆力非常之强，他的东西从不随便散置在任何地方。

鲁迅先生很喜欢北方口味。许先生想请一个北方厨子，鲁迅先生以为开销太大，请不得的，男佣人，至少要十五元钱的工钱。

所以买米买炭都是许先生下手，我问许先生为什么用两个女佣人都是年老的，都是六七十岁？许先生说她们做惯了，海婴的保姆，海婴几个月时就在这里。

正说着那矮胖胖的保姆走下楼梯来了，和我们打了个迎面。

"先生，没吃茶吗？"她赶快拿了杯子去倒茶，那刚刚下楼时气喘的声音还在喉管里咕噜咕噜的，她确实年老了。

来了客人，许先生没有不下厨房的，菜食很丰富，鱼，肉……都是用大碗装着，起码四五碗，多则七八碗。可是平常就只三碗菜：一碗素炒豌豆苗，一碗笋炒咸菜，再一碗黄花鱼。

这菜简单到极点。

鲁迅先生的原稿，在拉都路一家炸油条的那里用着包油条，我得到了一张，是译《死魂灵》的原稿①，写信告诉了鲁迅先生，鲁迅先生不以为希奇。许先生倒很生气。

鲁迅先生出书的校样，都用来揩着桌，或做什么的。请客人在家里吃饭，吃到半道，鲁迅先生回身去拿来校样给大家分着，客人接到手里一看，这怎么可以？鲁迅先生说：

"擦一擦，拿着鸡吃，手是腻的。"

---

① 这里是作者误记。作者所得到的其实是鲁迅翻译《表》的原稿。参看许广平著《关于鲁迅的生活》。

到洗澡间去，那边也摆着校样纸。

许先生从早晨忙到晚上，在楼下陪客人，一边还手里打着毛线。不然就是一边谈着话一边站起来用手摘掉花盆里花上已干枯了的叶子。许先生每送一个客人，都要送到楼下的门口，替客人把门开开，客人走出去而后轻轻的关了门再上楼来。

来了客人还要到街上去买鱼或买鸡，买回来还要到厨房里去工作。

鲁迅先生临时要寄一封信，就得许先生换起皮鞋子来到邮局或者大陆新村旁边信筒那里去。落着雨天，许先生就打起伞来。

许先生是忙的，许先生的笑是愉快的，但是头发有一些是白了的。

夜里去看电影，施高塔路的汽车房只有一辆车，鲁迅先生一定不坐，一定让我们坐。许先生，周建人夫人……海婴，周建人先生的三位女公子。我们上车了。

鲁迅先生和周建人先生，还有别的一二位朋友在后边。

看完了电影出来，又只叫到一部汽车，鲁迅先生又一定不肯坐，让周建人先生的全家坐着先走了。

鲁迅先生旁边走着海婴，过了苏州河的大桥去等电车去了。等了二三十分钟电车还没有来，鲁迅先生依着沿苏州河的铁栏杆坐在桥边的石围上了，并且拿出香烟来，装上烟嘴，悠然的吸着烟。

海婴不安的来回的乱跑，鲁迅先生还招呼他和自己并排的坐下。

鲁迅先生坐在那儿和一个乡下的安静老人一样。

鲁迅先生吃的是清茶，其余不吃别的饮料。咖啡、可可、牛奶、汽水之类，家里都不预备。

鲁迅先生陪客人到夜深，必同客人一道吃些点心，那饼干就是从铺子里买来的，装在饼干盒子里，到夜深许先生拿着碟子取出来，摆在鲁迅先生的书桌上，吃完了，许先生打开立柜再取一碟。还有向日葵子差不多每来客人必不可少。鲁迅先生一边抽着烟，一边剥着瓜子吃，吃完了一碟鲁迅先生必请许先生再拿一碟来。

鲁迅先生备有两种纸烟，一种价钱贵的，一种便宜的。便宜的是绿听子的，我不认识那是什么牌子，只记得烟头上带着黄纸的嘴，每五十支的价钱大概是四角到五角，是鲁迅先生自己平日用的。另一种是白听子的，是前门烟，用来招待客人的，白听烟放在鲁迅先生书桌的抽屉里。来客人鲁迅先生下楼，把它带到楼下去，客人走了，又带回楼上来照样放在抽屉里。而绿听子的永远放在书桌上，是鲁迅先生随时吸着的。

鲁迅先生的休息，不听留声机，不出去散步，也不倒在床上睡觉，鲁迅先生自己说：

"坐在椅子上翻一翻书就是休息了。"

鲁迅先生从下午两三点钟起就陪客人，陪到五点钟，陪到六点钟，客人若在家吃饭，吃完饭又必要在一起喝茶，或者刚刚喝完茶走了，或者还没走又来了客人，于是又陪下去，陪到八点钟，十点钟，常常陪到十二点钟。从下午两三点钟起，陪到夜里十二点，这么长的时间，鲁迅先生都是坐在藤躺椅上，不断的吸着烟。

客人一走，已经是下半夜了，本来已经是睡觉的时候了，可是鲁迅先生正要开始工作。在工作之前，他稍微阖一阖眼睛，燃起一支烟来，躺在床边上，这一支烟还没有吸完，许先生差不多就在床里边睡着了。（许先生为什么睡得这样快？因为第二天早晨六七点钟就要起来管理家务。）海婴这时也在三楼和保姆一道睡着了。

全楼都寂静下去，窗外也是一点声音没有了，鲁迅先生站起来，坐到书桌边，在那绿色的台灯下开始写文章了。

许先生说鸡鸣的时候，鲁迅先生还是坐着，街上的汽车嘟嘟的叫起来了，鲁迅先生还是坐着。

有时许先生醒了，看着玻璃窗白萨萨的了，灯光也不显得怎样亮了，鲁迅先生的背影不像夜里那样黑大。

鲁迅先生的背影是灰黑色的，仍旧坐在那里。

人家都起来了，鲁迅先生才睡下。

海婴从三楼下来了，背着书包，保姆送他到学校去，经过鲁迅先生的门前，保姆总是吩咐他说：

"轻一点走，轻一点走。"

鲁迅先生刚一睡下，太阳就高起来了。太阳照着隔院子的人家，明亮亮的，照着鲁迅先生花园的夹竹桃，明亮亮的。

鲁迅先生的书桌整整齐齐的，写好的文章压在书下边，毛笔在烧瓷的小龟背上站着。

一双拖鞋停在床下，鲁迅先生在枕头上边睡着了。

鲁迅先生喜欢吃一点酒，但是不多吃，吃半小碗或一碗。鲁迅先生吃的是中国酒，多半是花雕。

老靶子路有一家小吃茶店，只有门面一间，在门面里边设座，座少，安静，光线不充足，有些冷落。鲁迅先生常到这吃茶店来，有约会多半是在这里边，老板是犹太人也许是白俄，胖胖的，中国话大概他听不懂。

鲁迅先生这一位老人，穿着布袍子，有时到这里来，泡一壶红茶，和青年人坐在一道谈了一两个钟头。

有一天鲁迅先生的背后那茶座里边坐着一位摩登女子，身穿紫裙子黄衣裳，头戴花帽子……那女子临走时，鲁迅先生一看她，就用眼瞪着她，很生气的看了她半天。而后说：

"是做什么的呢？"

鲁迅先生对于穿着紫裙子黄衣裳，花帽子的人就是这样看法的。

鬼到底是有的是没有的？传说上有人见过，还跟鬼说过话，还有人被鬼在后边追赶过，吊死鬼一见了人就贴在墙上。但没有一个人捉住一个鬼给大家看看。

鲁迅先生讲了他看见过鬼的故事给大家听：

"是在绍兴……"鲁迅先生说，"三十年前……"

那时鲁迅先生从日本读书回来，在一个师范学堂里也不知是什么学堂里教书，晚上没有事时，鲁迅先生总是到朋友家去谈天。这朋友住的离学堂几里路，几里路不算远，但必得经过一片坟地。谈天有的时候就谈得晚了，十一二点钟才回学堂的事也常有，有一天鲁迅先生就回去得很晚，天空有很大的月亮。

鲁迅先生向着归路走得很起劲时，往远处一看，远远有一个白影。

鲁迅先生不相信鬼的，在日本留学时是学的医，常常把死人抬来解剖的，鲁迅先生解剖过二十几个，不但不怕鬼，对死人也不怕，所以对于坟地也就根本不怕。仍旧是向前走的。

走了不几步，那远处的白影没有了，再看突然又有了。并且时小时大，时高时低，正和鬼一样。鬼不就是变换无常的吗？

鲁迅先生有点踌躇了，到底向前走呢，还是回过头来走？本来回学堂不止这一条路，这不过是最近的一条就是了。

鲁迅先生仍是向前走，到底要看一看鬼是什么样，虽然那时候也怕了。

鲁迅先生那时从日本回来不久，所以还穿着硬底皮鞋。鲁迅先生决心要给那鬼一个致命的打击，等走到那白影的旁边时，那白影缩小了，蹲下了，一声不响的靠住了一个坟堆。

鲁迅先生就用了他的硬皮鞋踢出去。

那白影噢的一声叫起来，随着就站起来，鲁迅先生定眼看去，他却是个人。

鲁迅先生说在他踢的时候，他是很害怕的，好像若一下不把那东西踢死，自己反而会遭殃的，所以用了全力踢出去。

原来是个盗墓子的人在坟场上半夜作着工作。

鲁迅先生说到这里就笑了起来。

"鬼也是怕踢的，踢他一脚就立刻变成人了。"

我想，倘若是鬼常常让鲁迅先生踢踢倒是好的，因为给了他一个做人的机会。

从福建菜馆叫的菜，有一碗鱼做的丸子。

海婴一吃就说不新鲜，许先生不信，别的人也都不信。因为那丸子有的新鲜，有的不新鲜，别人吃到嘴里的恰好都是没有改味的。

许先生又给海婴一个，海婴一吃，又是不好的，他又嚷嚷着。别人都不注意，鲁迅先生把海婴碟里的拿来尝尝，果然是不新鲜的。鲁迅先生说：

"他说不新鲜，一定也有他的道理，不加以查看就抹杀是不对的。"

……

以后我想起这件事来，私下和许先生谈过，许先生说："周先生的做人，真是我们学不了的。哪怕一点点小事。"

鲁迅先生包一个纸包也要包得整整齐齐，常常把要寄出的书，鲁迅先生从许先生手里拿过来自己包，许先生本来包得多么好，而鲁迅先生还要亲自动手。

鲁迅先生把书包好了，用细绳捆上，那包方方正正的，连一个角也不准歪一点或扁一点，而后拿着剪刀，把捆书的那绳头都剪得整整齐齐。

就是包这书的纸都不是新的，都是从街上买东西回来留下来的。许先生上街回来把买来的东西一打开随手就把包东西的牛皮纸折起来，随手把小细绳圈了一个圈。若小细绳上有一个疙瘩，也要随手把它解开的。准备着随时用随时方便。

鲁迅先生住的是大陆新村九号。

一进弄堂口，满地铺着大方块的水门汀，院子里不怎样嘈杂，从这院子出入的有时候是外国人，也能够看到外国小孩在院子里零星的玩着。

鲁迅先生隔壁挂着一块大的牌子，上面写着一个"茶"字。

在一九三五年十月一日。

鲁迅先生的客厅摆着长桌，长桌是黑色的，油漆不十分新鲜，但也并不破旧，桌上没有铺什么桌布，只在长桌的当心摆着一个绿豆青色的花瓶，花瓶里长着几株大叶子的万年青，围着长桌有七八张木椅子。尤其是在夜里，全弄堂一点什么声音也听不到。

那夜，就和鲁迅先生和许先生一道坐在长桌旁边喝茶的。当夜谈了许多关于伪满洲国的事情，从饭后谈起，一直谈到九点钟十点钟而后到十一点，时时想退出来，让鲁迅先生好早点休息，因为我看出来鲁迅先生身体不大好，又加上听许先生说过，鲁迅先生伤风了一个多月，刚好了的。

但是鲁迅先生并没有疲倦的样子。虽然客厅里也摆着一张可以卧倒的藤椅，我们劝他几次想让他坐在藤椅上休息一下，但是他没有去，仍旧坐在椅子上。并且还上楼一次，去加穿了一件皮袍子。

那夜鲁迅先生到底讲了些什么，现在记不起来了。也许想起来的不是那夜讲的而是以后讲的也说不定。过了十一点，天就落雨了，雨点渐沥渐沥的打在玻璃窗上，窗子没有窗帘，所以偶一回头，就看到玻璃窗上有小水流往下流。夜已深了，并且落了雨，心里十分着急，几次站起来想要走，但是鲁迅先生和许先生一再说再坐一下："十二点钟以前终归有车子可搭的。"所以一直坐到将近十二点，才穿起雨衣来，打开客厅外面的响着的铁门，鲁迅先生非要送到铁门外不可。我想为什么他一定要送呢？对于这样年轻的客人，这样的送是应该的吗？雨不会打湿了头发，受了寒伤风不又要继续下去吗？站在铁门外边，鲁迅先生说，并且指着隔壁那家写着"茶"字的大牌子："下次来记住这个'茶'字，就是这个'茶'的隔壁。"而且伸出手去，几乎是触到了钉在锁门旁边的那个九号的"九"字，"下次来记住'茶'的旁边九号。"

于是脚踏着方块的水门汀，走出弄堂来，回过身去往院子里边看了一看，鲁迅先生那一排房子统统是黑洞洞的，若不是告诉得那样清楚，下次来恐怕要记不住的。

　　鲁迅先生的卧室，一张铁架大床，床顶上遮着许先生亲手做的白布刺花的围子，顺着床的一边折着两床被子，都是很厚的，是花洋布的被面。挨着门口的床头的方面站着抽屉柜。一进门的左手摆着八仙桌，桌子的两旁藤椅各一，立柜站在和方桌一排的墙角，立柜本是挂衣裳的，衣裳却很少，都让糖盒子，饼干筒子，瓜子罐给塞满了。有一次××老板①的太太来拿版权的图章花，鲁迅先生就从立柜下边大抽屉里取出的。沿着墙角望窗子那边走，有一张装饰台，桌子上有一个方形的满浮着绿草的玻璃养鱼池，里边游着的不是金鱼而是灰色的扁肚子的小鱼。除了鱼池之外另有一只圆的表，其余那上边满装着书。铁架床靠窗子的那头的书柜里书柜外都是书。最后是鲁迅先生的写字台，那上边也都是书。

　　鲁迅先生家里，从楼上到楼下，没有一个沙发，鲁迅先生工作时坐的椅子是硬的，休息时的藤椅是硬的，到楼

---

① ××老板，即李小峰（1897—1971），曾参加过新潮社和语丝社，后开办北新书局，鲁迅的《野草》《朝花夕拾》等书均由该书局出版。

下陪客人时坐的椅子又是硬的。

鲁迅先生的写字台面向着窗子，上海弄堂房子的窗子差不多满一面墙那么大，鲁迅先生把它关起来，因为鲁迅先生工作起来有一个习惯，怕吹风，他说，风一吹，纸就动，时时防备着纸跑，文章就写不好。所以屋子热得和蒸笼似的，请鲁迅先生到楼下去，他又不肯，鲁迅先生的习惯是不换地方。有时太阳照进来，许先生劝他把书桌移开一点都不肯。只有满身流汗。

鲁迅先生的写字桌，铺了一张蓝格子的油漆布，四角都用图钉按着。桌子上有小砚台一方，墨一块，毛笔站在笔架上，笔架是烧瓷的，在我看来不很细致，是一个龟，龟背上带着好几个洞，笔就插在那洞里。鲁迅先生多半是用毛笔的，钢笔也不是没有，是放在抽屉里。桌上有一个方大的白瓷的烟灰盒，还有一个茶杯，杯子上戴着盖。

鲁迅先生的习惯与别人不同，写文章用的材料和来信都压在桌子上，把桌子都压得满满的，几乎只有写字的地方可以伸开手，其余桌子的一半被书或纸张占有着。

左手边的桌角上有一个带绿灯罩的台灯，那灯泡是横着装的，在上海那是极普通的台灯。

冬天在楼上吃饭，鲁迅先生自己拉着电线把台灯的机关从棚顶的灯头上拔下，而后装上灯泡子。等饭吃过了，许先生再把电线装起来，鲁迅先生的台灯就是这样做成的，拖着一根长的电线在棚顶上。

鲁迅先生的文章，多半是从这台灯下写的。因为鲁迅先生的工作时间，多半是下半夜一两点起，天将明了休息。

卧室就是如此，墙上挂着海婴公子一个月婴孩的油画像。

挨着卧室的后楼里边，完全是书了，不十分整齐，报纸和杂志或洋装的书，都混在这间屋子里，一走进去多少还有些纸张气味。地板被书遮盖得太小了，几乎没有了，大网篮也堆在书中。墙上拉着一条绳子或者是铁丝，就在那上边系了小提盒，铁丝笼之类。风干荸荠就盛在铁丝笼里，扯着的那铁丝几乎被压断了在弯弯着。一推开藏书室的窗子，窗子外边还挂着一筐风干荸荠。

"吃吧，多得很，风干的，格外甜。"许先生说。

楼下厨房传来了煎菜的锅铲的响声，并且两个年老的娘姨慢重重的在讲一些什么。

厨房是家里最热闹的一部分。整个三层楼都是静静的，喊娘姨的声音没有，在楼梯上跑来跑去的声音没有。鲁迅先生家里五六间房子只住着五个人，三位是先生的全家，余下的二位是年老的女佣人。

来了客人都是许先生亲自倒茶，即或是麻烦到娘姨时，也是许先生下楼去吩咐，绝没有站到楼梯口就大声呼唤的时候。所以整个的房子都在静悄悄之中。

只有厨房比较热闹了一点，自来水花花的流着，洋瓷盆在水门汀的水池子上每拖一下磨着嚓嚓的响，洗米的声音也是嚓嚓的。鲁迅先生很喜欢吃竹笋的，在菜板上切着笋片笋丝时，刀刃每划下去都是很响的。其他比起别人家的厨房来却冷清极了，所以洗米声和切笋声都分开来听得样样清清晰晰。

客厅的一边摆着并排的两个书架，书架是带玻璃橱的，里面有朵斯托益夫斯基①的全集和别的外国作家的全集，大半多是日文译本。地板上没有地毯，但擦得非常干净。

海婴公子的玩具橱也站在客厅里，里边是些毛猴子，橡皮人，火车汽车之类，里边装得满满的，别人是数不清的，只有海婴自己伸手到里边找些什么就有什么。过新年时在街上买的兔子灯，纸毛上已经落了灰尘了，仍摆在玩具橱顶上。

客厅只有一个灯头，大概五十烛光。客厅的后门对着

---

① 朵斯托益夫斯基，通译陀思妥耶夫斯基（1821—1881），俄国作家。著有《白痴》《卡拉马佐夫兄弟》等小说。

上楼的楼梯，前门一打开有一个一方丈大小的花园，花园里没有什么花看，只有一株很高的七八尺高的小树，大概那树是柳桃，一到了春天，喜欢生长蚜虫，忙得许先生拿着喷蚊虫的机器，一边陪着谈话，一边喷着杀虫药水。沿了墙根，种了一排玉米，许先生说："这玉米长不大的，这土是没有养料的，海婴一定要种。"

春天，海婴在花园里掘着泥沙，培植着各种玩艺。

三楼则特别静了，向着太阳开着两扇玻璃门，门外有一个水门汀的突出的小廊子，春天很温暖的抚摸着门口长垂着的帘子，有时候帘子被风打得很高，飘扬的饱满得和大鱼泡似的。那时候隔院的绿树照进玻璃门扇里来了。

海婴坐在地板上装着小工程师在修着一座楼房，他那楼房是用椅子横倒了架起来修的，而后遮起一张被单来算做屋瓦，全个房子在他自己拍着手的赞誉声中完成了。

这屋间感到些空旷和寂寞，既不像女工住的屋子，又不像儿童室。海婴的眠床靠着屋子的一边放着，那大圆顶帐子日里也不打起来，长拖拖的好像从棚顶一直垂到地板上，那床是非常讲究的，属于刻花的木器一类的。许先生讲过，租这房子时，从前一个房客转留下来的。海婴和他的保姆，就睡在五六尺宽的大床上。

冬天烧过的火炉，三月里还冷冰冰的在地板上站着。

海婴不大在三楼上玩的，除了到学校去，就是在院子里踏脚踏车，他非常喜欢跑跳，所以厨房，客厅，二楼，他是无处不跑的。

三楼整天在高处空着，三楼的后楼住着另一个老女工，一天很少上楼来，所以楼梯擦过之后，一天到晚干净得溜明。

一九三六年三月里鲁迅先生病了，靠在二楼的躺椅上，心脏跳动得比平日厉害，脸色略微灰了一点。

许先生正相反的，脸色是红的，眼睛显得大了，讲话的声音是平静的，态度并没有比平日慌张。在楼下，一走进客厅来许先生就告诉说：

"周先生病了，气喘……喘得厉害，在楼上靠在躺椅上。"

鲁迅先生呼喘的声音，不用走到他的旁边，一进了卧室就听得到的。鼻子和胡须在扇着，胸部一起一落。眼睛闭着，差不多永久不离开手的纸烟，也放弃了。躺藤椅后边靠着枕头，鲁迅先生的头有些向后，两只手空闲的垂着。眉头仍和平日一样没有聚皱，脸上是平静的，舒展的，似乎并没有任何痛苦加在身上。

"来了吗？"鲁迅先生睁一睁眼睛，"不小心，着了凉……呼吸困难……到藏书的房子去翻一翻书……那房子因为没有人住，特别凉……回来就……"

许先生看周先生说话吃力，赶快接着说周先生是怎样气喘的。

医生看过了，吃了药，但喘并未停。下午医生又来过，刚刚走。

卧室在黄昏里边一点一点的暗下去，外边起了一点小风，隔院的树被风摇着发响。别人家的窗子有的被风打着发出自动关的响声，家家的流水道都是花拉花拉的响着水声，一定是晚餐之后洗着杯盘的剩水。晚餐后该散步的散步去了，该会朋友的会朋友去了，弄堂里来去的稀疏不断的走着人，而娘姨们还没有解掉围裙呢，就依着后门彼此搭讪起来。小孩子们三五一伙前门后门的跑着，弄堂外汽车穿来穿去。

鲁迅先生坐在躺椅上，沉静的，不动的阖着眼睛，略微灰了的脸色被炉里的火光染红了一点。纸烟听子蹲在书桌上，盖着盖子，茶杯也蹲在桌子上。

许先生轻轻的在楼梯上走着，许先生一到楼下去，二楼就只剩了鲁迅先生一个人坐在椅子上，呼喘把鲁迅先生的胸部有规律性的抬得高高的。

"鲁迅先生必得休息的，"须藤老医生是这样说的。可是鲁迅先生从此不但没有休息，并且脑子里所想的更多了，要做的事情都像非立刻就做不可，校《海上述林》的校样，印珂尔惠支①的画，翻译《死魂灵》下部；刚好了，这些就都一起开始了，还计算着出三十年集（即《鲁迅全集》）。

鲁迅先生感到自己的身体不好，就更没有时间注意身体，所以要多作，赶快做。当时大家不解其中的意思，都以为鲁迅先生不加以休息不以为然，后来读了鲁迅先生《死》的那篇文章才了然了。

鲁迅先生知道自己的健康不成了，工作的时间没有几年了，死了是不要紧的，只要留给人类更多，鲁迅先生就是这样。

不久书桌上德文字典和日文字典都摆起来了，果戈里的《死魂灵》，又开始翻译了。

鲁迅先生的身体不大好，容易伤风，伤风之后，照常要陪客人，回信，校稿子。所以伤风之后总要拖下去一个月或半个月的。

瞿秋白的《海上述林》校样，一九三五年冬，一九三六年的春天，鲁迅先生不断的校着，几十万字的校样，要看三遍，而印刷所送校样来总是十页八页的，并不是统统

---

① 珂尔惠支，即珂勒惠支，见本书P195注释。

一道的送来，所以鲁迅先生不断的被这校样催索着，鲁迅先生竟说：

"看吧，一边陪着你们谈话，一边看校样的，眼睛可以看，耳朵可以听……"

有时客人来了，一边说着笑话，一边鲁迅先生放下了笔。有的时候也说："就剩几个字了……请坐一坐……"

一九三五年冬天许先生说：

"周先生的身体是不如从前了。"

有一次鲁迅先生到饭馆里去请客，来的时候兴致很好，还记得那次吃了一只烤鸭子，整个的鸭子用大钢叉子叉上来时，大家看着这鸭子烤的又油又亮的，鲁迅先生也笑了。

菜刚上满了，鲁迅先生就到竹躺椅上吸一支烟，并且阖一阖眼睛。一吃完了饭，有的喝多了酒的，大家都乱闹了起来，彼此抢着苹果，彼此讽刺着玩，说着一些刺人可笑的话。而鲁迅先生这时候，坐在躺椅上，阖着眼睛，很庄严的在沉默着，让拿在手上纸烟的烟丝，慢慢的上升着。

别人以为鲁迅先生也是喝多了酒吧！

许先生说，并不的。

"周先生的身体是不如从前了，吃过了饭总要阖一阖眼稍微休息一下，从前一向没有这习惯。"

周先生从椅子上站起来了，大概说他喝多了酒的话让他听到了。

"我不多喝酒的。小的时候，母亲常提到父亲喝了酒，脾气怎样坏，母亲说，长大了不要喝酒，不要像父亲那样子……所以我不多喝的……从来没喝醉过……"

鲁迅先生休息好了，换了一支烟，站起来也去拿苹果吃，可是苹果没有了。鲁迅先生说：

"我争不过你们了，苹果让你们抢没了。"

有人抢到手的还在保存着的苹果，奉献出来，鲁迅先生没有吃，只在吸烟。

一九三六年春，鲁迅先生的身体不大好，但没有什么病，吃过了夜饭，坐在躺椅上，总要闭一闭眼睛沉静一会。

许先生对我说，周先生在北平时，有时开着玩笑，手按着桌子一跃就能够跃过去，而近年来没有这么做过，大概没有以前那么灵便了。

这话许先生和我是私下讲的，鲁迅先生没有听见，仍靠在躺椅上沉默着呢。

许先生开了火炉的门，装着煤炭花花的响，把鲁迅先生震醒了。一讲起话来鲁迅先生的精神又照常一样。

鲁迅先生睡在二楼的床上已经一个多月了，气喘虽然停止，但每天发热，尤其是下午热度总在三十八度三十九度之间，有时也到三十九度多，那时鲁迅先生的脸色是微红的，目力是疲弱的，不吃东西，不大多睡，没有一些呻吟，似乎全身都没有什么痛楚的地方。躺在床上有的时候张开眼睛看着，有的时候似睡非睡的安静的躺着，茶吃得很少。差不多一刻也不停的吸纸烟，而今几乎完全放弃了，纸烟听子不放在床边，而仍很远的蹲在书桌上，若想吸一支，是请许先生付给的。

许先生从鲁迅先生病起，更过度的忙了。按着时间给鲁迅先生吃药，按着时间给鲁迅先生试温度表，试过了之后还要把一张医生发给的表格填好，那表格是一张硬纸，上面画了无数根线，许先生就在这张纸上拿着米度尺画着度数，那表画得和尖尖的小山丘似的，又像尖尖的水晶石，高的低的一排连的站着。许先生虽然每天画，但那像是一条接连不断的线，不过从低处到高处，从高处到低处，这高峰越高越不好，也就是鲁迅先生的热度越高了。

来看鲁迅先生的人，多半都不到楼上来了，为的是请鲁迅先生好好的静养，所以把陪客人这些事也推到许先生身上来了。还有书、报、信，都要许先生看过，必要的就告诉鲁迅先生，不十分必要的，就先把它放在一处放一放，等鲁迅先生好了些再取出来交给他。然而这家庭里边还有许多琐事，比方年老的娘姨病了，要请两天假；海婴的牙齿脱掉一个要到牙医那里去看过，但是带他去的人没有，又得许先生。海婴在幼稚园里读书，又是买铅笔，买皮球，还有临时出些个花头，跑上楼来了，说要吃什么花生糖什么牛奶糖，他上楼来是一边跑着一边喊着，许先生连忙拉住了他，拉他下了楼才跟他讲：

"爸爸病啦。"而后拿出钱来，嘱咐好了娘姨，只买几块糖而不准让他格外的多买。

收电灯费的来了，在楼下一打门，许先生就得赶快往楼下跑，怕的是再多打几下，就要惊醒了鲁迅先生。

海婴最喜欢听讲故事，这也是无限的麻烦，许先生除了陪海婴讲故事之外，还要在长桌上偷一点工夫来看鲁迅先生为着病耽搁下来的尚未校完的校样。

在这期间，许先生比鲁迅先生更要担当一切了。

鲁迅先生吃饭，是在楼上单开一桌，那仅仅是一个方木盘，许先生每餐亲手端到楼上去，那黑油漆的方木盘中摆着三、四样小菜，每样都用小吃碟盛着，那小吃碟直径不过二寸，一碟豌豆苗或菠菜或苋菜，把黄花鱼或者鸡之类也放在小碟里端上楼去。若是鸡，那鸡也是全鸡身上最好的一块地方拣下来的肉；若是鱼，也是鱼身上最好一部分，许先生才把它拣下放在小碟里。

许先生用筷子来回的翻着楼下的饭桌上菜碗里的东西，菜检嫩的，不要茎，只要叶，鱼肉之类，检烧得软的，没有骨头没有刺的。

心里存着无限的期望，无限的要求，用了比祈祷更虔诚的目光，许先生看着她自己手里选得精精致致的菜盘子，而后脚板触着楼梯上了楼。

希望鲁迅先生多吃一口，多动一动筷，多喝一口鸡汤。鸡汤和牛奶是医生所嘱的，一定要多吃一些的。

把饭送上去，有时许先生陪在旁边，有时走下楼来又做些别的事，半个钟头之后，到楼上去取这盘子。这盘子装得满满的，有时竟照原样一动也没有动又端下来了，这时候许先生的眉头微微的皱了一点。旁边若有什么朋友，许先生就说："周先生的热度高，什么也吃不落，连茶也不愿意吃，人很苦，人很吃力。"

有一天许先生用着波浪式的专门切面包的刀切着一个面包，是在客厅后边方桌上切的，许先生一边切着一边对我说：

"劝周先生多吃些东西，周先生说，人好了再保养，现在勉强吃也是没有用的。"

许先生接着似乎问着我：

"这也是对的?"

而后把牛奶面包送上楼去了。一碗烧好的鸡汤，从方盘里许先生把它端出来了，就摆在客厅后的方桌上。许先生上楼去了，那碗热的鸡汤在桌子上自己悠然的冒着热气。

许先生由楼上回来还说呢：

"周先生平常就不喜欢吃汤之类，在病里，更勉强不下了。"

那已经送上去的一碗牛奶又带下来了。

许先生似乎安慰着自己似的。

"周先生人强，欢喜吃硬的，油炸的，就是吃饭也欢喜吃硬饭……"

许先生楼上楼下的跑，呼吸有些不平静，坐在她旁边，似乎可以听到她心脏的跳动。

鲁迅先生开始独桌吃饭以后，客人多半不上楼来了，经许先生婉言把鲁迅先生健康的经过报告了之后就走了。

鲁迅先生在楼上一天一天的睡下去，睡了许多日子就有些寂寞了，有时大概热度低了点就问许先生：

"有什么人来过吗?"

看鲁迅先生精神好些，就一一的报告过。

有时也问到有什么刊物来吗?

鲁迅先生病了一个多月了。

证明了鲁迅先生是肺病，并且是肋膜炎，须藤老医生每天来了，为鲁迅先生先把肋膜化腐的东西用打针的方法抽净，每天抽一次，共抽了一两个礼拜。

这样的病，为什么鲁迅先生一点也不晓得呢？许先生说，周先生有时觉得肋痛了就自己忍着不说，所以连许先生也不知道，鲁迅先生怕别人晓得了又要不放心，又要看医生，医生一定又要说休息。鲁迅先生自己知道做不到的。

福民医院美国医生的检查，说鲁迅先生肺病已经二十年了。这次发了怕是很严重。

医生规定个日子，请鲁迅先生到福民医院去详细检查，要照X光的。

但鲁迅先生当时就下楼是下不得的，又过了许多天，鲁迅先生到福民医院去查病去了。照X光后给鲁迅先生照了一个全部的肺部的照片。

这照片取来的那天许先生在楼下给大家看了，右肺的上尖角是黑的，中部也黑了一块，左肺的下半部都不大好，而沿着左肺的边边黑了一大圈。

这之后，鲁迅先生的热度仍高，若再这样热度不退，就很难抵抗了。

那查病的美国医生，只查病，而不给药吃，他相信药是没有用的。①

须藤老医生，鲁迅先生早就认识，所以每天来，他给鲁迅先生吃了些退热的药，还吃停止肺部菌活动的药。他说若肺不再坏下去，就停止在这里，热自然就退了，人是不危险的。

在楼下的客厅里许先生哭了。许先生手里拿着一团毛线，那是海婴的毛线衣拆了洗过之后又团起来的。

鲁迅先生在无欲望状态中，什么也不吃，什么也不想，睡觉是似睡非睡的。

天气热起来了，客厅的门窗都打开着，阳光跳跃在门外的花园里。麻雀来了停在夹竹桃上叫了三两声就又飞去，院子里的小孩子们唧唧喳喳的玩耍着，风吹进来好像带着热气，扑到人的身上，天气刚刚发芽的春天，变为夏天了。

楼上老医生和鲁迅先生谈话的声音隐约可以听到。

楼下又来客人。来的人总要问：

"周先生好一点吗?"

许先生照常说："还是那样子。"

---

① 关于此次美国医生为鲁迅诊病的经过，作者所记与事实有出入。恐为误记。参看许广平著《关于鲁迅的生活》。

但今天说了眼泪就又流了满脸。一边拿起杯子来给客人倒茶，一边用左手拿着手帕按着鼻子。

客人问：

"周先生又不大好吗？"

许先生说：

"没有的，是我心窄。"

过了一会鲁迅先生要找什么东西，喊许先生上楼去，许先生连忙擦着眼睛，想说她不上楼的，但左右的看了一看，没有人能替代了她，于是带着她那团还没有缠完的毛线球上楼去了。

楼上坐着老医生，还有两位探望鲁迅先生的客人，许先生一看了他们就自己低了头不好意思地笑了，她不敢到鲁迅先生的面前去，背转着身问鲁迅先生要什么呢，而后又是慌忙的把毛线缕挂在手上缠了起来。

一直到送老医生下楼，许先生都是把背向鲁迅先生而站着的。

每次老医生走，许先生都是替老医生提着皮提包送到前门外的。许先生愉快的、沉静的带着笑容打开铁门闩，很恭敬的把皮包交给老医生，眼看着老医生走了才进来关了门。

这老医生出入在鲁迅先生的家里，连老娘姨对他都是尊敬的，医生从楼上下来时，娘姨若在楼梯的半道，赶快下来躲开，站到楼梯的旁边。有一天老娘姨端着一个杯子上楼，楼上医生和许先生一道下来了，那老娘姨躲闪不灵，急得把杯里的茶都颠出来了。等医生走过去，已经走出了前门，老娘姨还在那里呆呆的望着。

"周先生好了点吧?"

有一天许先生不在家，我问着老娘姨。她说:

"谁晓得，医生天天看过了不声不响的就走了。"

可见老娘姨对医生每天是怀着期望的眼光看着他的。

许先生很镇静，没有紊乱的神色，虽然说那天当着人哭过一次，但该做什么，仍是做什么，毛线该洗的已经洗了，晒的已经晒起，晒干了的随手就把它缠成团子。

"海婴的毛线衣，每年拆一次，洗过之后再重打起，人一年一年的长，衣裳一年穿过，一年就小了。"

在楼下陪着熟的客人，一边谈着，一边开始手里动着竹针。

这种事情许先生是偷工就做的，夏天就开始预备着冬天的，冬天就做夏天的。

许先生自己常常说:

"我是无事忙。"

这话很客气，但忙是真的，每一餐饭，都好像没有安静的吃过。海婴一会要这个，要那个；若一有客人，上街临时买菜，下厨房煎炒还不说，就是摆到桌子上来，还要从菜碗里为着客人选好的夹过去。饭后又是吃水果，若吃苹果还要把皮削掉，若吃荸荠看客人削得慢而不好也要削了送给客人吃，那时鲁迅先生还没有生病。

许先生除了打毛线衣之外，还用机器缝衣裳，剪裁了许多件海婴的内衫裤在窗下缝。

因此许先生对自己忽略了，每天上下楼跑着，所穿的衣裳都是旧的，次数洗得太多，纽扣都洗脱了，也磨破了，都是几年前的旧衣裳，春天时许先生穿了一个紫红宁绸袍子，那料子是海婴在婴孩时候别人送给海婴做被子的礼物。做被子，许先生说很可惜，就检起来做一件袍子。正说着，海婴来了，许先生使眼神，且不要提到，若提到海婴又要麻烦起来了，一定要说是他的，他就要要。

许先生冬天穿一双大棉鞋，是她自己做的。一直到二三月早晚冷时还穿着。

有一次我和许先生在小花园里一道拍一张照片，许先生说她的纽扣掉了，还拉着我站在她前边遮着她。

许先生买东西也总是到便宜的店铺去买，再不然，到减价的地方去买。

处处俭省，把俭省下来的钱，都印了书和印了画。

现在许先生在窗下缝着衣裳，机器声格答格答的，震着玻璃门有些颤抖。

窗外的黄昏，窗内许先生低着的头，楼上鲁迅先生的咳嗽声，都搅混在一起了，重续着、埋藏着力量。在痛苦中，在悲哀中，一种对于生的强烈的愿望站得和强烈的火焰那样坚定。

许先生的手指把捉了在缝的那张布片，头有时随着机器的力量低沉了一两下。

许先生的面容是宁静的、庄严的、没有恐惧的、坦荡的在使用着机器。

海婴在玩着一大堆黄色的小药瓶，用一个纸盒子盛着，端起来楼上楼下的跑。向着阳光照是金色的，平放着是咖啡色的，他招聚了小朋友来，他向他们展览，向他们夸耀，这种玩艺只有他有而别人不能有。他说：

"这是爸爸打药针的药瓶，你们有吗?"

别人不能有，于是他拍着手骄傲的呼叫起来。

许先生一边招呼着他，不叫他喊，一边下楼来了。

"周先生好了些?"

见了许先生大家都是这样问的。

"还是那样子，"许先生说，随手抓起一个海婴的药瓶来，"这不是么，这许多瓶子，每天打一针，药瓶子也积了一大堆。"

许先生一拿起那药瓶，海婴上来就要过去，很宝贵的赶快把那小瓶摆到纸盒里。

在长桌上摆着许先生自己亲手做的蒙着茶壶的棉罩子，从那蓝缎子的花罩子下拿着茶壶倒着茶。

楼上楼下都是静的了，只有海婴快活的和小朋友们的吵嚷躲在太阳里跳荡。

海婴每晚临睡时必向爸爸妈妈说："明朝会！"

有一天他站在走上三楼去的楼梯口上喊着：

"爸爸，明朝会！"

鲁迅先生那时正病得沉重，喉咙里边似乎有痰，那回答的声音很小，海婴没有听到，于是他又喊：

"爸爸，明朝会！"他等一等，听不到回答的声音，他就大声的连串的喊起来：

"爸爸，明朝会，爸爸，明朝会，……爸爸，明朝会……"

他的保姆在前边往楼上拖他，说是爸爸睡了，不要喊了。可是他怎么能够听呢，仍旧喊。

这时鲁迅先生说"明朝会"，还没有说出来喉咙里边就像有东西在那里堵塞着，声音无论如何放不大。到后来，鲁迅先生挣扎着把头抬起来才很大声的说出：

"明朝会，明朝会。"

说完了就咳嗽起来。

许先生被惊动得从楼下跑来了，不住的训斥着海婴。

海婴一边笑着一边上楼去了，嘴里唠叨着：

"爸爸是个聋人哪！"

鲁迅先生没有听到海婴的话，还在那里咳嗽着。

鲁迅先生在四月里，曾经好了一点，有一天下楼去赴一个约会，把衣裳穿得整整齐齐，手下夹着黑花包袱，戴起帽子来，出门就走。

许先生在楼下正陪客人，看鲁迅先生下来了，赶快说：

"走不得吧，还是坐车子去吧。"

鲁迅先生说："不要紧，走得动的。"

许先生再加以劝说，又去拿零钱给鲁迅先生带着。

鲁迅先生说不要不要，坚决的就走了。

"鲁迅先生的脾气很刚强。"

许先生无可奈何的，只说了这一句。

鲁迅先生晚上回来，热度增高了。

鲁迅先生说：

"坐车子实在麻烦，没有几步路，一走就到。还有，好久不出去，愿意走走……动一动就出毛病……还是动不得……"

病压服着鲁迅先生又躺下了。

七月里，鲁迅先生又好些。

药每天吃，记温度的表格照例每天好几次在那里画，老医生还是照常的来，说鲁迅先生就要好起来了，说肺部的菌已经停止了一大半，肋膜也好了。

客人来差不多都要到楼上来拜望拜望，鲁迅先生带着久病初愈的心情，又谈起话来，披了一张毛巾子坐在躺椅上，纸烟又拿在手里了，又谈翻译，又谈某刊物。

一个月没有上楼去，忽然上楼还有些心不安，我一进卧室的门，觉得站也没地方站，坐也不知坐在哪里。

许先生让我吃茶，我就倚着桌子边站着。好像没有看见那茶杯似的。

鲁迅先生大概看出我的不安来了，便说：

"人瘦了，这样瘦是不成的，要多吃点。"

鲁迅先生又在说玩笑话了。

"多吃就胖了，那么周先生为什么不多吃点？"

鲁迅先生听了这话就笑了，笑声是明朗的。

从七月以后鲁迅先生一天天的好起来了，牛奶，鸡汤之类，为了医生所嘱也隔三差五的吃着，人虽是瘦了，但精神是好的。

鲁迅先生说自己体质的本质是好的，若差一点的，就让病打倒了。

这一次鲁迅先生保着了很长的时间，没有下楼更没有到外边去过。

在病中，鲁迅先生不看报，不看书，只是安静的躺着。但有一张小画是鲁迅先生放在床边上不断看着的。

那张画，鲁迅先生未生病时，和许多画一道拿给大家看过的，小得和纸烟包里抽出来的那画片差不多。那上边画着一个穿大长裙子飞散着头发的女人在大风里边跑，在她旁边的地面上还有小小的红玫瑰花的花朵。

记得是一张苏联某画家着色的木刻。

鲁迅先生有很多画，为什么只选了这张放在枕边。

许先生告诉我的，她也不知道鲁迅先生为什么常常看这小画。

有人来问他这样那样的，他说：

"你们自己学着做，若没有我呢！"

这一次鲁迅先生好了。

还有一样不同的，觉得做事要多做……

鲁迅先生以为自己好了，别人也以为鲁迅先生好了。

准备冬天要庆祝鲁迅先生工作三十年。

又过了三个月。

一九三六年十月十七日，鲁迅先生病又发了，又是气喘。

十七日，一夜未眠。

十八日，终日喘着。

十九日，夜的下半夜，人衰弱到极点了。天将发白时，鲁迅先生就像他平日一样，工作完了，他休息了。

一九三九年十月廿六日　重庆

名家散文

鲁迅：直面惨淡的人生

胡适：把自己铸造成器

许地山：爱我于离别之后

叶圣陶：藕与莼菜

茅盾：斗争的生活使你干练

郁达夫：夜行者的哀歌

徐志摩：我有的只是爱

庐隐：我追寻完整的生命

丰子恺：我情愿做老儿童

朱自清：热闹是它们的，我什么也没有

老舍：有朋友的地方就是好地方

冰心：繁星闪烁着

废名：想象的雨不湿人

沈从文：每一只船总要有个码头

梁实秋：烟火百味过生活

林徽因：你是人间的四月天

巴金：灯光是不会灭的

戴望舒：我的心神是在更远的地方

梁遇春：吻着人生的火

张中行：临渊而不羡鱼

萧红：我的血液里没有屈服

季羡林：微苦中实有甜美在

何其芳：紧握着每一个新鲜的早晨

孙犁：人生最好萍水相逢

琦君：粽子里的乡愁

苏青：我茫然剩留在寂寞大地上

林海音：唯有寂寞才自由

汪曾祺：如云如水，水流云在

陆文夫：吃也是一种艺术

宗璞：云在青天

余光中：前尘隔海，古屋不再

王蒙：生活万岁，青春万岁

张晓风：年年岁岁岁岁年年

冯骥才：生活就是创造每一天

肖复兴：聪明是一张漂亮的糖纸

梁晓声：过小百姓的生活

赵丽宏：闪烁在旷野里的微光

王旭烽：等花落下来

叶兆言：万事翻覆如浮云

鲍尔吉·原野：为世上的美准备足够的眼泪